대충 잘 살기 위해
열심히 노력 중입니다

# 대충 잘 살기 위해
# 열심히 노력 중입니다

'온전한 개인'으로 살고 싶은 '어쩌다 선생'의 자기고백

천선영 지음

책엔

"나, 결정했어요, 오늘 밤 떠나기로."(애니메이션 〈마녀배달부 키키〉 중)

드디어 자신의 길을 떠나기로 결정한 모든 이에게 지지와 응원을…

어느덧 서점지기가 되어, 식물연구자가 되어,
지역문화활동가가 되어, 작가가 되어, 농부가 되어,
그리고 나와 같은 길을 가는 선생이 되어
인생길을 동행해주는 젊은 친구들에게…

## 세모가 되고 싶은 네모는 '대충 잘' 살기 위해
## 오늘도 열심히 노력 중

나는 세모가 되고 싶은 네모입니다. 어찌어찌 간신히 인생을 사는 중입니다. 와중에 어쩌다 선생이 되어 이제 꽤 오래 선생이라는 이름을 달고 살았습니다. 그 사이 나도 변하고 학생들도 변했습니다. 학생들이 쓴 주어, 동사가 맞지 않는 문장 하나까지 콕 집어 지적질을 해야 했던 초짜 선생은 자신의 건강 상태 때문에도 더 이상 그렇게 살 수 없는 상황이 되었고, 젊은 초짜 선생의 날선 잔소리를 '착하게도' 받아준 첫 제자들은 거의 친구가 되어 가는 중이고, 새 제자들은 그 옛날이야기가 낯설기만 합니다.

그럼에도 아직도 여전히 선생으로 살고 있고 조금은 더 선생으로 살아야 하기에 내 삶의 마지노선에 대해 생각합니다. 선생이라는 이름표가 너무 부끄러워 자발적으로 내려놓아야 하는 상황까지 내몰릴 수는 없기 때문입니다. 내가 헤집어 찾아내 학생들을 도와주지는 못할망정 입을 벌려 도움을 청하는 학생들을 나몰라라 하지 않으려 합니다. 호의가 늘 호의로 돌아오는 것은 아니지만, 그럼에도 학생들에 대한 최소한의 믿음과 신뢰를 철회하지 않으려 합니다. 여전히 매 학기 새로운 학생들과 실랑이를 하는 것은 헛바늘이 도는 일이지만, '선생님은 수업하는 거 재미있으시죠?'라는 가당치 않은 멘트를 계속 들을 수 있길 희망합니다. 다른 누구를 위해서가 아니라 나 자신을 지키기 위해서입니다. 최소한 그 마지노선을 끝까지 지켜 '빛나는 정년'을 할 수 있게 되길 바랍니다.

그렇게, 세모가 되고 싶은 네모는 대충이나마 잘 살기 위해 오늘도 분투 중입니다. 대충 잘 살기조차 쉬운 일이 아니라는 걸, 그나마 포기하지 않는 일이 만만치 않다는 걸 절감하며 말입니다.

스스로 대충 잘 살기도 버거워하는 주제에, 더 이상은 '과도한 열정'을 '애정'으로 포장할 체력도 남아 있지 않은 주제에, 나는 여전히 젊은이들에게 해주고 싶은 말이 많은가 봅니다. 그들이 때로 자랑스럽고 때로 안쓰럽고, 그들에게 때로 미안하고 때로 화가 납니다. 무슨 글을 쓰건, 글을 쓰다 보면 자연스레 그들을 첫 독자로 상정하고 있음을 느낍니다.

　이 곳에 놓인 글들은 어설픈 '자기고백'이기도 하지만 그들을 향한 고백이기도 합니다. 그들에게 끊임없이 혼잣말을 걸고 있다는 걸 압니다. 나는 그들에 대한 애정을 여전히 완전히는 철회하지 못했습니다. 아니 그럴 수는 없는 것이겠지요. 어찌 그럴 수 있겠습니까. 그들이 나의, 우리의 미래이니.

　어쩌다 선생은 세월의 무게와 함께 어쩔 수 없는 선생이 된 모양입니다. 지금 이곳에 놓인 글들은 그 흔적의 일부입니다.

　부디 나를 선생이라 불러준, 선생으로 살게 해준 그들의 오늘이 너무 외롭지 않기를, 너무 힘들지 않기를 바라는 진심을 전합니다. 아무리 '순한 맛'이어도 잔소리는 잔소리로 들릴 것 같습니다만…. 그래도 늘 바라듯 이 글이 읽는 이에게 보내는 편지로 읽히길, 그들이 내게 답장을 보내고 싶어지길 빕니다.

　이 글을 접할 옛 제자들이나 새 제자들의 쟁쟁한 목소리가 들리는

듯합니다: "와, 선생님이 맨날 하시는 소리를 글로 보게 되네요.", "신기해요, 선생님이 옆에서 말씀해주시는 것 같아요."

그렇게 내 인생의 한 챕터가 지나갑니다.

- 눈을 뚫고 핀다는 복수초를 인생 처음 실물 영접한 특별한 새봄에

천선영

차례

# 천개의
# 샘

# '온전한 개인'으로 사는 일의
# 어려움에 대하여

# 미래에 대한 불안감으로 시달릴
# 젊은 그대들에게

VI

'대충해, 대충'이라는 말은 보통 부정적으로 들립니다. 게을러서 안 하면 안 했지, 기왕 하는 일을 대충대충 한다는 것은 나 스스로도 용납이 잘 안 됩니다. 그런 내게 어느 날 '대충 잘 살자'라는 말이 큰 위로로 다가섰다는 것은 아마도 어떤 신호였다고 생각합니다. '번아웃'을 알리는 신호.

I

'낙오'라는 이름의 저항

# 스키로
## 도
## 닦기

　어느 날 한 양떼목장을 방문했는데 전망대까지 가는 트랙터마차를 운영 중이었습니다. 걷는 일에 나름 큰 의미를 두고 있는지라 마차로 왕복하는 코스는 흥미가 없었는데, 아쉽게도 마차는 왕복권만 판매 중이었습니다. 1시간 정도면 걸어서 갈 수 있을 것이라고 하더군요. 그럼 뭐 걷지라는 마음으로 올라갔습니다. 가라는 길 따라 걷는 법이 없는 인간인데다, 체력은 시원찮으니 2시간 정도 걸린 것 같습니다. 즐거운 걷기였지만, 전망대가 1.5km 정도 남았다는 표지판을 보았을 때 이미 방전된 상태였지요.

　내가 나한테 또 뭔 짓을 한 건가 싶었는데, 문득 돌아본 풍경에 그 마음이 싹 사라지고 다시 한 발을 내디딜 수 있었습니다. 드디어 전망대. 해냈습니다! 시원한 바람과 눈이 시원하게 탁 트인 풍광에 그래 이 기분이지, 하며 감격에 젖었네요.

트랙터마차를 타고 왔어도 같은 '감격'이었을까요? 그랬어도 물론 좋았겠지만, 내 발로 애써서 걸어 올라와서의 감흥과 같진 않았을 것이라 장담합니다. (단정적인 어투에 거부감이 있는 편입니다만, 지금은 써야겠네요.)

왜냐면 전망대에서 느낀 감동의 대부분은 내가 이 길을 걸어 냈다는 데 있기 때문입니다. 더 좋은 풍광이야 차 타고 올라가서 볼 수 있는 곳도 많습니다. 그러나 그때 그 풍광을 보기 위해 별 기여를 한 일이 없으니, 뭐랄까 그때의 감흥은 말 그대로 보이는 자연풍광 자체에 대한 감상뿐이겠지만, 내 수고가 들어간 경우는 곱하기 몇은 되는 것 같습니다. 보이는 경치가 특별하지 않았다 해도 문제 되지 않았을 겁니다. 길은 길대로 의미가 있는 것이니….


감히 비교할 수 없는 경우이기는 하지만, 오스트리아 인스부르크 한 수도원에서 봤던 손이 떠오릅니다. 곰 발바닥 같던 손. 알프스 자락인 그곳에서 만난 한 수사님은 스키 신발을 신고, 스키를 들고 걸어서 산을 오르신다 했습니다. 눈밭을 2~3시간 걸어 올라, 스키를 타고 내려오는 일을 반복하신다 했습니다. 손이 곰 발바닥처럼 되는 일이 한순간에 되겠는지요. 뭔가 울컥했었는데, 이유를 설명하긴 어렵지만, 아마도 한 인간이 자발적으로 기꺼이 살아내는 고행에 대한 존경, 안쓰러움 같은 것들이 뒤섞인 마음이었던 듯요.

대부분의 사람에게는 단순한 취미나 건강을 위한 운동일 스키. '스키로도 닦는 방법'이 있다는 것을 그때 알았습니다. 아니 도대체 왜, 싫지 않으신가요? 물론 오늘도 산에 드는 분들은 그 마음을 어느 정도는 헤아릴 수 있으리라 생각합니다.

내려올 산을 왜 굳이 힘들게 오르냐며, 산 입구 백숙집만 좋아하는 분들도 본인이 애써서 마음을 다해 하는 어떤 일이 있으실 것이고, 그 일의 의미가 본인이 애쓴 만큼 생기는 경험을 하리라 봅니다.

'고생한 만큼 남는다'는 말, 그러니 '고생해라' 또는 '젊어서 고생은 사서도 한다'는 말로 알아듣진 않습니다. 그러나 마음을 쓴 만큼, 애쓴 만큼, 그 의미가 내게 돌아온다는 것은 경험으로 이해합니다. 내 맘과 몸의 정성을 들이지 않고, 생기는 의미에 대해 들어보셨는지요? 의미는 관계 안에서 생기고 성장합니다.

'알바는 딱 알바만큼만 일하라'는 광고도 있던데, 그 의도 물론 이해가 갑니다만, 학생들에게 알바를 할 때 주인의 마음으로 하라는 얘기를 가끔 합니다. 주인을 위해서가 아니라 학생들 본인을 위해서 하는 말입니다. 알바도 결국은 내 시간을 들여서 하는 일. 그 시간에 내가 보다 많은 것을 보고 느낀다면, 그것이 내게 남는 것 아닌가요? 알바의 마음으로 그 시간을 보내는 사람에게 보이는 것이 하나라면, 주인의 마음으로 그 자리에서 볼 수 있는 것은 열이라고 생각합니다. 알바를 통해 남는 것이 시급뿐이라면 좀 안타까운 일일 것 같습니다. 정성으로 사람과 사물, 공간과 시간을 돌보면 그건 다 내게 '남는 장사'라고 믿습니다.


온 마음과 온몸으로 하는 모든 일에는 '경건함'이 깃듭니다. 그것이 아무리 하찮게 여겨지는 일이라 하더라도 말입니다.

# 어떤
# 마음은
# 보인다

어떤 마음은 보입니다. 우연히 아름다운 마음을 보게 되는 날은 운수가 참 좋은 날입니다. 오늘도 그런 날이었습니다. 여행 숙소 근처 편의점 입구, 하필이면 시멘트가 발라진 바닥 작은 틈에 도라지 씨앗이 자리를 잡았습니다. 열악한 환경에도 멀쩡하게 잘 자랐더군요. 그런데 도라지가 꺾이지 않고 똑바로 자랄 수 있게 누군가가 고정문 손잡이에 끈으로 매어 놓은 것을 볼 수 있었습니다. 예상대로 주인장이 그리 해놓은 것이었습니다. 도라지는 심은 것 아니고 저절로 자란 것이고요.

뭐 하나 특별할 것 없는 시골 작은 편의점. 그곳은 도라지 한 그루로 인해 내게 특별한 기억으로 남았습니다. 어쩌다 시멘트 바닥에서 자라고 있는 도라지를 본 것이기만 했다면, 안쓰러움 정도가 마음에 남았겠지만, 그 도라지를 대견하게 지켜보며 붙들어 매어준 편의점 주인장의 마음 덕분에 참 따뜻한 기억이 되었습니다.

그러고 보니 이 주인장, 보통 분은 아니신 듯요. 예술적 감성이 풍부한 분인 것 같았습니다. 편의점 앞 자투리땅에 가게에서 매일 나오는 캔, 병뚜껑 같은 것을 활용해 설치미술품을 만들어놓으신 걸 보니 말입니다.

어떤 마음은 보입니다. 어떤 마음은 자세히 보면 보입니다.


이야길 하다 보니 또 하나의 기억이 생각나네요. 한적한 시골 동네 길이 생각보다 걷기 나쁜 경우가 많다는 것, 경험으로 아실 듯요. 인도나 갓길이 따로 없는 빠듯한 2차선 도로인 경우가 많기 때문이죠. 가끔이지만 지나는 차들도 있으니 살짝 위험할 수도 있습니다. 편안한 동네 산책을 생각했다가는 낭패를 볼 수도요.

동네길 대부분이 사유지인 논이나 밭을 끼고 있는 데다 시골 특성상 걷는 사람 숫자가 많지도 않으니 인도나 갓길이 다 갖춰지기까지는 시간이 좀 더 필요할 듯합니다.

암튼 여행자 입장에서 이런저런 배부른(?) 아쉬운 마음을 갖고 가끔 그런 길을 걷게 되는 경우가 있습니다. 그런데 그날은 조금은 조심스럽고 아쉬운 마음이 확 풀리는 경험을 했습니다. 어떤 분이 본인의 밭 끝부분을 쭉 따라가며 길가로 고운 화초를 심어놓으셨더라고요.

마치 뜻밖의 선물을 받은 기분이었습니다. 밭 주인 혼자 기분 좋으려고 심으셨을까요? 설마요. 아닐 것 같습니다. 아니라고 믿겠습니다. 이미 내 기분이 좋아졌고, 마음이 뿌듯해졌으니까요.

일면식도 없는 그 밭 주인의 마음이 내겐 보이던데, 당신은 어떠신가요? 어떤 마음은 잘 보입니다.

# 짓는(만드는)
# 사람들에 대한
# 동경

여행 중에 나름 바쁩니다. 그런데 그런 나를 보며 사람들은 저 사람은 대체 뭘 하고 다니는 걸까 궁금해하기도 합니다. 본격적인 등산을 하는 것도, 골프를 치는 것도, 스키를 타는 것도 아닌 것 같은데 종일 뭐 하러 돌아다니는 걸까….

사실 내겐 걷는 것 자체가 훌륭한 여행이라 종일 동네 한 바퀴를 하는 수도 있습니다만, 자주 뭔가를 구경 다니긴 합니다. 뭔가를 끊임없이 '구경'하러 다니면서 나는 도대체 무엇을 구경하러 다니는 걸까, 자문해봅니다. '자연 구경'을 가는 때가 아니라면, 내가 '사람 구경'을 하러 다닌다는 것은 분명합니다. 어떤 공간을 가더라도, 그 공간을 가는 가장 중요한 이유는 대부분 그 공간을 만들고 운영하는 사람을 보러 가는 겁니다.

여행 중 큰 즐거움 중 하나가 '살고 싶은 대로 사는', 적어도 그렇게 사는 것 같아 보이는 사람들을 만나는 일입니다. 그런 사람들을 '구경' 하는 것만으로도 살맛이 납니다. '나'로 살고 있는 사람들을 보면서 건강한 새 기운을 얻고, 그 힘으로 나는 나로 살고 있는지 되돌아보게 됩니다. 그런데 내가 '구경하러' 다니는 대부분의 사람에게는 중요한 공통점이 있습니다. 그들이 '뭔가를 직접 만드는 사람들'이라는 겁니다. 집(공간), 빵, 책, 그릇, 그림, 효소…. 그것이 무엇이든 간에 나는 '생산자'에 관심이 있는 것 같습니다. 자신이 관심 있는 무엇인가를 즐겁게 만들어내는 사람들. 그리고 그 일의 자연스러운 결과로 작은 사회적 의미도 만들어내는 사람들.

인간이 바다에 버린 유리 조각 쓰레기(씨글래스)를 모아 공예작품을 만드는 분, 자신을 고향여행자라 부르며 갤러리가 된 소집(우사)에서 고향에 대한 새로운 이야기를 써가고 있는 분, 자신의 일상적 풍경을 일상적 재료로 예술로 보여주는 분, 직접 만든 화덕에서 직접 농사짓는 밀로 빵을 굽는 분, 장과 효소를 직접 담그며 나와 이웃의 건강한 삶을 고민하는 분, 좋아하는 바닷가에 살며 글을 쓰고 술을 빚으며, 예약 손님만 받는 원테이블 맞춤식단 식당을 운영하는 분, 마을의 빈집을 무인 책방 겸 점방으로 만든 분, 같이 읽고 토론하고 쓰는 공간을 만들어 공유하는 분, 크게 돈 될 일이 아닌 것이 분명한 동네서점을 리모델링까지 직접 해가며 어렵게 열고 뚜벅뚜벅 운영하는 분, 육수와 면을 직접 만드시는 건 기본이고 삶의 가능한 많은 부분을 직접 만들어가려 애쓰는 어쩌다 냉면집 부부….

만난 분들의 일부 명단입니다. 심지어 여행 중에 직접 기른 닭의 알로 에그타르트를 만든다는 작은 카페까지 일부러 찾아갔었습니다. 수제 디저트에 진심인 나지만, 닭을 기르며 그 알로 에그타르트를 만든다는 곳은 처음이라 호기심이 동했습니다. 나름 인생 에그타르트집을 알고 있고, 그에 비하면 맛이나 만듦새가 특별하진 않았습니다. 하지만 슈퍼마켓에서 사온 닭알로는 비린내가 나서 타르트를 못 만든다는 주인장의 얼굴 표정에 비치는 그 마음이 무척 특별하게 느껴졌습니다.

자신의 몸을 밀어가며 자신의 삶을 직접 '지어가는'(만들어가는) 사람들에 대한 관심. 보다 정확히 말하자면, 나는 그분들이 보여주는 삶에 대한 동경을 갖고 있는 것 같습니다.

물론 '호모 파베르Homo Faber, 工作人'라는 말처럼 짓는(만드는) 일은 인간의 본래적 자질에 속합니다. 그러나 오늘의 우리는 자신의 삶(의식주)의 거의 모두를 '아웃소싱'하며 살고 있지요. 우리의 삶은 점점 어디서 어떻게 생산된 것인지 모르는 것들로 둘러 싸여가고 있습니다. 그런 삶은 '주체적'일 수 있을까요? 어렵다고 생각합니다. '인간은 자신이 선택하고 결정한 일에 대해서만 책임감을 느낀다'는 말에 동의하기 때문입니다.

자신이 한 일이라곤 컨테이너 벨트에서 특정 부위 나사만 조인 자동차에 대해 일체감과 책임감을 느끼는 사람은 거의 없으리라 생각합니다. 그러나 자신이 베고, 말리고, 자르고, 다듬은 나무로 만든 책상에 대해서는 어떨까요? 어떤 삶이 더 작은 '소외'를 만들어낼지는 칼 맑스

아저씨까지 끌어들이지 않아도 분명하지 않을지요?

자신의 일을 삶에서 소외시키지 않는 방식을 직접 선택하고 그 선택에 책임을 지며 살아가는 사람들을 보며, 나는 참 '다행이다' 싶습니다. 그분들이 나를 직접 먹여 살리는 것은 물론 아니지만, 왠지 그분들을 보며 내 삶이 아직은 '안전'할 수 있겠구나, 이 나라의 내일이 있겠구나, 안도합니다.

적어도 이 경우에 인생은 복리의 법칙에 따른다고 생각하기 때문입니다. 삶의 재미와 의미를 찾고 발견하고 누리는 사람들이 많으면 많을수록 그 사회가 '행복한 사회'라고 말할 수 있는 확률이 높아지지 않을까요? 그런 사회 안에 사는 내 행복지수도 자연스레 높아지겠지요?

그래서 내 주변에 '자신의 삶을 주도적으로 만들어가는 행복한 사람'이 많았으면 좋겠습니다. 그리고 그런 사람들을 더 자주 많이 만나고 싶습니다. 그들이 나눠주는 건강한 기운으로 나도 조금은 더 행복해질 수 있을 테니까요.

그러니 '행복한 사람들'을 만나는 여정은 내 일상의 행복을 '만드는' 여정입니다. 그 여정 중에 그분들을 향한 나의 지지와 응원으로 그들의 행복이 티끌만큼 더 커질 수 있다면 기쁘겠다는 작은 욕심이 있습니다.

그렇게 오늘도 '사람여행' 중입니다.

# 2달간의
# 강제
# 디톡스

　명색이 사회학 공부하는 사람이라 인간을 몇 개의 유형으로 단순화(때로 절대화)해 설명하는 것을 불편해하는 편입니다만, 장난삼아 사용하는 분류가 몇 가지 있긴 합니다. 예를 들어 모든 인간을 곰(또는 개)과와 여우(또는 고양이)과로 나눠 보는 것입니다. 나름 재밌습니다. 내가 보기에 나는 전형적 곰(개)과에 속하죠. 당신은 어디에 속하는 것 같으신가요? 주변도 한번 둘러보시지요? 그럴듯한가요?

　또 하나의 분류가 정주자와 여행자의 분류인데, 나는 후자에 속하고 싶은 전자입니다. (나를 보며 '네모인데 세모가 되고 싶어 하는 것이 문제'라고 꿰뚫어 본 분이 있었습니다. 티는 안 냈지만 '헉' 했습니다.) 여행자이고 싶다 주장하나, 실제로는 불편한 것을 잘 못 참고, 필요한 것들이 주변에 다 갖춰져 있어야 안심하는 스타일에 가깝지요. 여행가방에 펜만 챙겨도 한짐입니다. 연필, 샤프펜슬, 볼펜, 네임펜, 유성펜, 휴대용 소형펜 하나씩, 거기에 여분까지 챙겨야 안심이니까요.

매일 가지고 다니는 가방엔 물병, 커피병, 반짇고리, 작은 비닐봉투, 약간의 간식, 미니 접이 가위와 칼, 반창고 등이 항상 들어 있습니다. 모든 사물에 의미를 과도하게 부여하는 편이라 대학생 때 노트 같은 것은 물론 학생들이 남긴 메모 하나를 바로바로 버리지 못합니다. 그러니 늘 짐을 이고 지고 삽니다.

그래서 집도, 연구실도 복닥복닥하지요. (그래도 주위 사람들도 인정해주듯 나름의 질서는 있습니다만….) 차도 맨날 짐차입니다. 어느 날 내 연구실에 오셨던(기자 출신의 글쟁이시고, 소설을 쓰고 싶어 하시는) 선배샘이 '지금까지 살아 있는 게 용하다며, 참 난감한 캐릭터'라며 나름 재미있다고 나중에 당신 소설에 꼭 등장시켜주신다고 약속하시더군요. 이분이 바로 위에 언급한 통찰력 있는 그분입니다. 딱 기다려 보겠습니다!

이런 성격이 단점이라고만은 생각하지 않습니다. 가끔이지만 비상 상황에서 내게도 다른 사람에게도 깜짝 도움이 되기도 하지요. 하지만, 약간의 디톡스가 필요하다고는 느낍니다. 덜어냈을 때 삶이 가벼워지는 느낌, 알기는 하니까요.

이런 내게 자연과 함께 보내는 방학은 2달간 '자동 디톡스'를 시켜줍니다. 백화점도, 대형마트도, 멀티플렉스 영화관도 없는 곳에서는 팔랑귀인 나도 크게 애쓰지 않아도 덜 사고, 덜 쓰게 됩니다. 숙소 냉장고도 소형이라 식재료를 사도 감자 1개, 당근 1개, 이렇게 삽니다.

몸과 마음에 여러모로 '휴식'의 기회가 됩니다. 그래서 아마도 이런 때 글을 한 줄이라도 더 쓰게 되는 것 같습니다. 사람의 가용 에너지가 한정되어 있는데, 불필요한 에너지 소모가 적으니 다른 곳에 쓸 에너지가 생기는 것이겠지요.

시간이 사람을 바꾸기도 하지만, 그건 말 그대로 시간이 많이 걸립니다. 그러나 공간은 사람을 잠시나마 바로 바꾸는 힘이 있는 것 같습니다. 다들 경험하실 텐데요. 그리 안 되던 집중이 카페에 가면 되지 않으시던가요? 오래된 교회나 성당, 절에 들어서게 되면 신자가 아니어도 왠지 모를 경건함 같은 것을 느끼실 겁니다. 그런 곳에 가면 흥에 겨워 춤을 추고 싶어진다는 분은 아마 안 계실 듯요. 공간의 힘입니다. 그래서 말인데요. 늘 주장하는 겁니다만, 똑같이 생긴 아파트에서 자란 아이들에게 창의적 인간이 되라고 요구하는 것은 부당합니다! 그리고 이것은 나라의 미래를 위해 정말 걱정되는 일입니다.

정여울 작가의 말처럼 "공간은 기어이 사람을 바꾼다는 것"을 온몸으로 경험합니다. 공간이 바뀌면 보는 것도 듣는 것도, 하는 생각도 하는 말도, 만나는 사람도 자연스레 바뀝니다.

> "공간은 필연적으로 인간의 동선을 바꾼다. 동선이 바뀌면 감각을 사용하는 패턴이 바뀌고, 감각의 패턴이 바뀌면 생각의 회로도 바뀌고, 생각의 회로가 바뀌면 당연히 행동도 욕망도 관계도 달라지기 때문이다."(정여울, 《그때 알았더라면 좋았을 것들》, 37쪽)

예수님이 광야로 나가 기도하셨던 것도, 부처님이 고향을 떠나 떠도셨던 것도 다 이유가 있는 겁니다.

뭔가 다른 삶을 꿈꾸신다면, 그런데 뭐부터 해야 할지 모르겠다면, 멀리 여행을 떠날 상황도 안된다면, 하다못해 방 배치부터 바꿔 보시면 어떨까요? 원래는 벽을 보고 있던 여행지 숙소의 꽤 무거운 테이블을 기어이 창문을 향해 옮겨놓은 경험자로서 하는 말이니, 크게 시간 걸리는 일도 돈 드는 일도 아닌데, 한번 믿어 보시지요.


아무튼 나라는 사람이 갑자기 바뀐 것도 아닐 텐데, 산과 바다를 보며 지내는 것만으로 생각과 행동과 생활이 조금은 변하는 것을 느낍니다. 그런 작은 변화가 싫지 않습니다.

이 공간이 나를 쉬게 합니다. 내 마음도 몸도 한숨 쉬어 갑니다. 박노해 시인이 말한 대로 "쉬는 것도 일입니다 / 쉬지 말고 쉬어야 합니다", "쉰다는 것은 곧 버린다는 것", "쉬어야 차오르고, 쉬어야 깊어지고, / 쉬어야 멀리 내다"(박노해, '쉬는 것이 일이다', 《사람만이 희망이다》 중)보며 방향을 잃지 않을 수 있습니다.

시인의 말대로 "버리고 또 버려 맑은 소리 날 때까지 / 쉼 없이 나를 돌이켜 비워 내"려 "텅 빈 내 안에서 다시 세상의 아픈 소리, / 내일이 싹트는 소리, / 나직한 하늘 소리가 새벽 종울림으로 울릴"지 "참사람의 푸른 길"을 갈 수 있을지, 그것까지는 자신이 없지만 적어도 어느 정도 '해독'은 되는 것 같으니 계속 애써 쉬어볼 참입니다.

# 대형마트를
## 가지
## 않는다

여름/겨울 살이를 하는 동안에는 뭔가를 많이 사고 쟁여둘 수도 없지만, 삶의 태도로서의 미니멀리즘은 그저 동경의 대상입니다. '네모인데 세모가 되고 싶어 하는' 심각한 문제를 가진 나는 '미니멀라이프', 꿈만 꿉니다. 그런 나도 몇 년 전부터 대견하게도 한 가지는 실천하고 있습니다. 대형마트에 가지 않는 것입니다.

1+1의 유혹을 이기지 못하는 의지박약이라, 그 유혹과 싸우길 '포기'했습니다. 내가 게임에 절대 손대지 않는 이유도 같습니다. 무척 유능한 인재들이 최고의 몰입도를 만들어내기 위해 애쓴 결과에 빠지지 않을 자신이 없어서요. 거의 '원시시대'의 벽돌깨기 게임을 아주 잠깐 했던 것이 내 게임 역사의 시작이자 마지막이었네요.

아예 손도 대지 않기로 하는 대응방식이 대단히 성숙한 것이라고 할수는 없겠지만, 나 자신을 지키기 위한 하나의 방식이고 갑자기 '다른

'인간'이 되길 바라는 것보다는 현실적이라 생각합니다. 그리고 그 효과도 꽤 괜찮습니다. 마트를 가지 않게 된 이후로 냉장고가 꽉 차지 않고 있거든요.

사실 내 냉장고는 어머니가 보내주시는 것들만으로도 이미 많이 찹니다. 거기에 대형마트에서 뭘 사서 쟁이면 냉장고는 터져 나갈 지경이 됩니다. 사정도 모르는 내 어머니는 당신이 보내고 싶은 만큼의 물건을 보내지 못하는 것과 딸이 더 맛있는 김치를 먹지 못하는 것이 안타까워 기회 있을 때마다 김치냉장고를 사라고 성화십니다.

그때마다 들은 척 만 척 대충 뭉개고 넘어가지만, 김치냉장고 살 맘은 1도 없습니다. 김치냉장고를 사면 그것까지 꽉꽉 채우게 될 것 같은 불길한 예감이 들거든요. 냉장고 없이 살 정도의 자신은 없습니다만, 지금보다 더 많은 음식물을 쟁여놓고 살지는 않으려는 작은 몸부림으로 김치냉장고, 사양합니다. 냉장고 바꿀 때가 되면 김치냉장고 1대와 지금보다 작은 냉장고 1대, 이렇게 바꿀 의향은 아주 많이 있습니다. 하하.

학생들에게 자신을 너무 믿지 말라고 말하곤 합니다. 나는 나를, 물론 안 믿습니다! 자기 자신을 과신하기보다는, 삶을 지키는 다양한 보조장치를 활용하는 것이 현명하지 않을까요? 변화를 위해서는 뭔가 눈에 보이는 작은 계기를 만들어보는 것도 좋은 방법 중 하나가 아닌가 합니다. 돈 안 드는, 그러면서도 약간의 땀을 흘릴 수 있는 일이면 더 좋습니다. 마냥 무력할 때는 나가서 무작정 걷거나 방이라도 청소해보 길 권합니다.

모든 상황을 그대로 두고, 아무것도 바꾸지 않은 상태에서, 무엇인 가 바뀌기를 기대하는 것은 '도둑놈 심보'겠지요?

독일 영화 〈100일 동안 100가지로 100퍼센트 행복찾기〉는 아주 흥 미로운 이야길 들려줍니다. 내기의 결과로 어느 날 졸지에 물건이 하나 도 없는 빈집에서 살게 된 친구 두 명이 100일 동안 하루에 한 가지씩만 필요한 물건을 창고에서 가져올 수 있는 상황 설정이거든요.

한 제자는 내 이야기를 듣고 영화를 봤고, 100일 동안 필수불가결하 지 않은 물건을 사지 않는 작은 프로젝트를 했다고 하더군요. 청출어 람. 선생보다 훨씬 낫습니다!

바꾸려면, 바꾸고 싶으면, 뭐라도 바꿔야 합니다. 티끌만큼이라도. 그래야 뭐라도 바뀔 것이라 기대할 최소한의 '자격'을 갖게 되지 않겠는 지요.

# '업데이트
## 하시겠습니까?'

　기본적으로 연락이 아주 잘되는 편은 못됩니다. 잠수도 가끔씩 탑니다. 여행할 때는 더구나 그렇지요. 물론 내가 필요할 때는 연락, 합니다. 그래서 사람들이 가끔 뒤로 넘어가지요. 하하.

　컴퓨터도 스마트폰도 고장 날 때까지 씁니다. 최근에는 거의 20년을 쓴 2단 토스터기가 망가져 버렸는데 어찌나 마음이 짠하던지…. 이리 말하면 무슨 대단한 신념을 가지고 그러나 싶으시겠지만, 그건 아니고 일단 게을러서입니다. 게으르고 싶어서입니다. 그런 것에는 시간을 별로 쓰고 싶지 않아서리….

　그런 내게 컴퓨터도, 스마트폰, 각종 앱도 맨날 '안물안궁' 질문을 합니다: "업데이트하시겠습니까?" 이것은 적잖은 경우 단순한 질문이 아닙니다. 업데이트를 하지 않으면 프로그램이 제대로 작동하지 않을 수도 있다는 '친절한 협박'이 따라붙으니 말입니다. 내가 선택할 수 있는 것은 기껏 해봤자 업데이트 시간을 한밤중으로 설정하는 정도입니다.

제품의 기본적 설정과 관련된 업데이트는 내 '무늬뿐인 허락'조차 필요로 하지 않습니다. 매뉴얼도 제대로 보지 않는 탓일 수 있으나 사후 통보를 꼬박꼬박 해주는 것 같지도 않습니다. 암튼 내가 모르는 사이에 뭔가가 계속 업데이트되고 있습니다.

모르는 경우야 어쩔 수 없고, 내가 인지하는 경우, 나는 이런 문제에 대해서 어쩔 수 없을 때까지 버티는 편입니다: "다음에 하시겠습니까?" "예" "30일 뒤에 다시 물을까요?" "예"

물론 기업들 입장에서는 문제를 해결하고 제품의 성능을 개선하려는 노력이겠지만, 그것이 내게 꼭 필요한 일인지, 좋은 일인지 판단이 잘 서지 않을 때가 많습니다. 내 입장에서는 아무 문제 없이 잘 쓰고 있는데, 뭔가 업데이트되면 그 부분에 대해 새로 '학습'을 해야 하는 경우가 많습니다. 시간을 써야 하는 것이지요. 필요한 용량도 자꾸 늘어납니다. 업데이트를 좇아가다 가랑이가 찢어질 지경입니다. 그래서 내 전략(?)은 정말 불편해서 어쩔 수 없을 때까지 버틴다, 입니다.

무엇보다 성능이 개선된 기계들이 결과적으로 삶의 질을 높여주는지, 확신이 없습니다. 세탁기가 가사노동의 양을 줄이진 못했다는 보고도 있다던데, 믿어주고 싶어집니다.

이런 나의 집에도 신형 셋톱박스 '지니'가 들어와 있습니다. 기존 셋톱박스가 고장이 난 데다 지니를 설치하면 몇 개의 전선을 없앨 수 있고, 자가설치가 가능하다 해서 들이게 되었지요. 그것뿐입니다. 나는 지니를 부르지 않습니다. '우리집 지니'는 계속 무음 상태입니다. 지니가 들어와서 바뀐 것은 전선 숫자가 좀 줄어들어 거실이 깔끔해진 것, 그 정도네요. 그 정도로 감지덕지입니다.

반문명주의자도 아니고, 기계적 발전에 적대적인 마음을 갖고 있는 것도 아닙니다. 다만 내 용량으로는 모든 변화를 제때 따라가기가 버겁습니다. 일상을 나의 속도로 유지하기 위한 내 전략은 '선택적인 자발적 낙오'입니다. 이것이 진정한 의미에서 '자발적'인지는 의문이나 이 용어를 쓰는 이유는 적어도 나의 선택 과정을 거쳤기 때문입니다. (분명 무언가를 놓치고 잃을지도요. 상당 부분은 놓치고 잃는 것이 무엇인지를 모르니 상관없고, 아는 것들에 대해서는 그러려니 합니다.)

그 전략적 선택의 결과로 각종 SNS는커녕 카톡도 쓰지 않습니다. 아마 나는 국민카톡을 쓰지 않는 몇 안 되는 대한민국 성인일 겁니다. 처음엔 그저 단순한 메신저 중 하나였던 카톡은 이제 금융, 상거래, 이동 등 거의 모든 일상을 포괄하는 매체로 성장했습니다. 카톡이 만들어내는 '과도한 연결성'이 부담스러웠던 나는 카톡을 한 번도 깔아본 적도 없어, 주변 사람들을 답답하게 만들었으나, 점점 언제까지 카톡 없는 세상에서 살 수 있을까 살짝 겁이 날 지경입니다.

요즘엔 영상이 대세라네요. 너도나도 개인방송자가 되고 있다 합니다. 유튜브 없이는 일상이 굴러가지 않는 시대가 도래한 것 같습니다. 이런 시대의 흐름에 사회학자로서의 나는 물론 대단히 관심이 많습니다. 학생들과 각종 매체를 활용한 크고 작은 작업들을 함께 하기도 합니다. 직접 하지 않을 뿐이지요.

내가 옳다, 는 이야기를 하려는 것이 아닙니다. 오히려 오늘 같은 세상에서 나 같은 인간은 소수자겠지요. 다만 너무 많은 정보와 너무 많은 신문물이 계속 더 빠른 속도로 쏟아지는 이때, 나의 개인성을 포기하지 않으면서 감당할 수 있는 부분은 어디까지인지에 대한 고민은 더 깊어지고 있진 않은가 그런 이야길 좀 하고 싶었습니다.

참, 주변에 아직도 2G폰을 쓰는 졸업생이 몇 명 있습니다. 선생보다 한술 더 뜹니다! 이 친구들하고 연락할 땐 내가 답답해 죽습니다. 파일 하나도 제대로 받아보질 못하거든요. 그래도 그러려니 합니다. 이 젊은 친구들이 왜 그러는지 '논리적'으로 너무 너무 이해가 되기 때문입니다.

점점 더 복잡해지고 빨라지는 세상, 아직은 이전과 별다를 것 없는 몸에 둥지를 틀고 있는 인간. 인간이 자신의 용량을 무한히 늘릴 수 있지 않는 한 적어도 어떤 면에서는 '선택적인 낙오'를 할 수밖에 없지 않은가, 그것이 혹시 생존에도 유리하지 않을까, 그리 자기변명을 해봅니다.

# '대충 잘 살자'는
## 말에
## 대하여

'대충 잘 살자'는 말이 주는 묘한 위로가 나를 쉼으로 이끌었다는 이야기를 한 적이 있습니다. 그런데 사실 '대충해, 대충'이라는 말은 보통 부정적으로 들립니다. 게을러서 안 하면 안 했지, 기왕 하는 일을 대충대충 한다는 것은 나 스스로도 용납이 잘 안 됩니다. 그런 내게 어느 날 '대충 잘 살자'라는 말이 큰 위로로 다가섰다는 것은 아마도 어떤 신호였다고 생각합니다. '번아웃'을 알리는 신호.

그 뒤로 종종 대충 잘 삽시다, 는 말을 하고 다닙니다. 그래, 목숨 걸 일 아니면 살짝 대충 사는 것도 나쁘지 않다고 다짐하면서…. 그런데 어떤 선생님과 살짝 안 좋은 일이 있었는데, 내가 문자로 '제가 대충 생각한 것 같아 죄송하다' 했습니다. 내 일방적 잘못인 것 같진 않았지만, 그래도 그분이 언짢으셨다면 사과해야 한다고 생각해서 한 일종의 '외교적 언사'였는데, 돌아온 답이 '본인이 대충대충 한다고 남들도 다 그런다고 생각하지 말라'는 것이었습니다. 망치로 가슴을 얻어맞은 것처럼 아팠습니다.

대충 잘 살자, 스스로가 망가지면서까지 너무 열심히 살 필요는 없다, 이제는 그래도 괜찮다고 다짐하고 또 다짐했는데, 누군가가 나에게 '너 참 대충 사는구나'라고 했다고, 그것이 왜 그리 큰 상처가 되었을까요. 그때 알았습니다. 아직 대충 살 준비가 충분히 안 되었구나. 입으로는 대충을 떠들면서, 마음으로는 열심히, 성실히 살아야 한다는 세상의 가치로부터 충분히 떠나오지 못했구나. 그래서 아직은 어느 책 제목처럼 쿨하게 "하마터면 열심히 살 뻔했다"고 말하지 못하는구나.

번아웃이라는 말을 쓸 만큼 열심히 산 적이 있긴 했나. 정말 대단한 어려움을 겪어낸 다른 사람들에 비하면 이런 말 할 자격이 없는 것 아닌가. '네가 뭘 그리 열심히 살았다고 번아웃 타령이야', 그런 자책도 한몫하는 것 같습니다. 그러나 그것밖에 안 되는 것이 내 용량인 것을 어쩌겠는지요. 다른 누구만큼, 그 정도 힘든 것은 아니니 괜찮아야 한다고 말하는 것 또한 '폭력'일 수 있지 않겠는지요.

그래서 앞으로도 대충 잘 살기 위해 '계속 열심히' 노력할 생각입니다. 대충 잘 살면서도 죄책감을 갖지 않게 될 때까지. 너무 잘 말고, 그냥 잘, 그 정도 살면 안 될까요?

일상툰 작가 키크니가 번아웃증후군을 겪은 이후 생긴 좌우명이라는 "일단 해보겠습니다. 안 되면 안 해보겠습니다"라는 말이 마음에 와닿습니다. "할 수 있는 일은 합시다. 할 수 없는 일은 하지 맙시다"라는 내 자칭 생활명언과 어쩜 그리 같은 빛깔인지요. 이런 말이 위로로 다가오시나요? 당신에게도 쉼이 필요하다는 신호일 겁니다.

그런데 아시나요? 쉼도 하나의 결정이라는 것을, 잘 쉼도 저절로 되는 일은 아니라는 것을. 나는 쉬는 데도 한 줌의 용기가 필요하다는 것을 배워가는 중입니다. 잘 쉬는 것도 어느 정도는 배워야 하는 일이라는 것을 알아가는 중입니다.

그런 내가 열심히 배워서 되고 싶은 사람은 '건강한 자발적 낙오자'입니다. 다른 누구가 아닌 내가 원하는 일을 하고, 내가 원하지 않는 일을 하지 않으면서, 그것이 때로 사회와 타인의 기대와 요구와 달라 부딪히는 상황을 즐겁게 건강하게 살아낼 수 있는 사람. 그런 방식 또한 우리와 세상을 지키는 하나의 방법임을 아는 사람. 물론 이도 그리 쉬워 보이지는 않는군요. 그렇기 되기 위해 또 '노력'이라는 것을 해야 하는군요! 이 노력이 나를 집어삼키지 못하도록 이 일 또한 '대충 잘' 해보는 것으로 하겠습니다.

꽤 괜찮은 말 아닌가요? '대충 잘'!

# 카톡
# 안 하는
# 고집

카톡을 안 합니다. 한 번도 해본 적이 없습니다. 내가 카톡을 안 해도 그 회사는 아쉬운 것이 없나 봅니다. 어떤 프로모션 제안도 받아본 적이 없으니까요. 명실상부 '국민카톡'이니 그럴만합니다. 대한민국 성인 중 카톡을 사용하지 않는 사람은 정말 손에 꼽을 겁니다.

기업, 관청 할 것 없이 각종 안내, 서비스 같은 것들조차 카톡 사용을 전제로 이루어져 카톡을 하지 않는 나 같은 인간은 살기가 꽤 불편합니다. 어느 통계를 보니 폰을 가진 대한민국 사람 거의 100%가 카톡을 사용하는 것으로 나왔더군요.

카톡이라 말은 하지만 단순한 메신저를 넘어 우리 생활 전반에 영향력을 행사하고 있습니다. 그래도 나는 아직은 불편을 감수하고 살기로 선택했습니다.

극소수이겠지만 카톡을 하지 않거나 2G폰, 이메일로만 소통하는 사람들이 있는 것으로 알고 있습니다. 나와 비슷한 계열의 사람일 거라 짐작합니다. 그분들 이야기를 듣고 싶어 찾아보려 했는데, 쉽지 않았습니다.

우선 내 이야기 먼저 해보겠습니다. 왜 카톡을 하지 않는 '이상한 사람'이 되었을까요? 첫째, 카톡의 시스템 자체가 마음에 들지 않습니다. 카톡에 접속하는 순간 내 폰 번호를 가진 사람 모두에게 내 존재가 '인지'된다 들었습니다. 물론 들어가서 바로 차단하면 된다지만 누구는 차단하고 누구는 안 하고, 그런 것도 마음이 들지 않습니다. 암튼 내가 원하는 속도가 아닌 시스템이 정한 속도대로 소통의 대상이 확대된다는 것이 불만입니다.

둘째, 소통의 확장성이 크다는 것도 내겐 단점입니다. 말했듯, 소통이 편리해서 너무나 많은 소통이 일어납니다. 단톡 기능까지 있어 잘 알지도 못하는 사람들이 하는 듣고 싶지 않은 얘기, 안 들어도 되는 얘기까지 들어야 하는 건 생각만 해도 고역입니다.

셋째, 카톡의 영향력이 점점 더 커지는 것도 마뜩치 않습니다. 잠시 언급했듯이 카톡을 매개로 거의 모든 생활이 영위되는 상황이 되는 것입니다. 특정 기업, 특정 매체에 대한 의존도가 지나치게 높아지는 것은 '위험'하다 생각합니다. 그것 없이는 살 수 없게 되는 것. 그것이 일종의 '중독' 아닐까요?

내가 게임을 전혀 하지 않는 이유 중 하나도 중독에 대한 두려움 때문인데 머리 좋은 사람들 수십, 수백이 모여 만들어낸 '창의적인 결과물'에 대항해 이길 자신이 없습니다. 그럴 땐 피하는 게 상책입니다.

넷째, 좀 사소한 얘기지만 카톡을 읽었는지 여부가 확인되는 것도 불만입니다. 너무 많이 아는 것은 때로 독이 됩니다. 대충 읽을 수도 있고, 실수로 읽음 표시가 될 수도 있고, 읽었어도 사정으로 바로 답을 할 수 없기도 하는 것이 우리의 일상. 조금은 모르고 사는 것이 오히려 현명하지 않을까 합니다.

나는 SNS도 하지 않습니다. 때로 좋은 정보, 재미있는 소식, 반가운 얼굴을 놓칠 수도 있겠으나, 그것보다 SNS 들여다보느라 잃는 것이 더 많을 거라는, 그것을 통해 내 인생이 더 '행복'해지지는 않을 거라는 지극히 '계산적 사고' 때문입니다.

필요할 때 필요한 만큼의 소통만 하려는 의지의 표현으로 카톡과 SNS를 하지 않는 것이 이제는 '고집'이 되었습니다. 주변에서 살짝 눈치를 주기는 하지만 뭐 사업하는 사람도 아니고, 견딜 만합니다.

조금 느려도, 느려서 얻을 수 있는 장점들이 분명하기에 나는 당분간은(?) 카톡 안 하는 이상한 인간으로 머물러 있겠다 '결정'했습니다.

# 카톡도 안 하는 나는
# 문자메시지
# '중독'이다

얼리 어답터는커녕 국민 카톡도 쓰지 않는 사람이 매우 신속하게 받아들인 매체가 있으니 그것은 문자메시지입니다. 지금은 문자 발송 용량도 많아지고, 비용도 (거의) 들지 않지만, 통신사에 문자 발송 건수대로 별도의 '거금'을 지불해야 했을 때부터 나는 문자메시지에 열광했습니다.

문자를 보냈는데, 답으로 전화를 하는 사람들을 젊은 친구들이 '매너'를 모르는 사람이라 여긴다던데, 나도 그렇습니다. 모르는 번호로 오는 전화를 받지 않는 원칙을 지키고 있는 내게 가끔 여러 번씩 전화를 하는 사람도 있는데, 그때마다 속으로 아니 그리 급하면 문자를 보내지, 하고 구시렁거리곤 합니다. 문자메시지 사용이 어려운 경우라면 음성메시지도 있지요.

무엇이 나로 하여금 문자메시지라는 신新문물에 푹 빠지게 했을까요. 내 생각에 문자는 정말 훌륭한 '발명품'입니다. 스마트폰을 쓰는 이유 중 상당 부분은 문자메시지 때문이라 해도 과언이 아닙니다.

명색이 사회학자라 이런저런 이유를 한번 가져다 붙여 보았습니다. 무엇보다 먼저 폰 문자는 새로운 비대면 소통의 지평을 열었습니다. 구두 언어로 하는 비대면 소통(전화 통화), 문자 언어로 하는 비대면 소통(메일, 편지 등)이 아닌 그 중간쯤 어딘가에 있는 도구를 이용한 비대면 소통을 가능하게 해주었지요. 진중권은 문자성과 구술성이 뒤섞인 일종의 '디지털 구술성'(한겨레21, 090612)에 대해 말하기도 하는데, 내 표현으로는 '쓰인 말'을 사용한 비대면 소통의 방법 하나가 새로 생긴 겁니다.

그런데 이것이 아주 신묘합니다. 전화보다 편하고 시간도 절약되고, 메일이나 편지보다 신속합니다. 카톡 같은 메신저와 달리 확장성이 적어 소통량이 급격히 증가하지도 않고 필요한 사람과 필요한 대화만 하면 됩니다.

내 생각에 문자메시지를 통한 비대면 소통의 최대 강점 중 하나는 나와 상대방의 일상에 대한 개입 정도가 낮다는 겁니다. 갑자기 울리는 전화벨 소리에 깜짝 놀라 본 경험 한두 번쯤 있으실 텐데, 꼭 한밤중 비상 전화가 아니더라도 전화가 오면 '일단 정지'입니다. 그래서 상대방이 어떤 상황에 있는지 모르면서 (특히 사적 용무로) 전화를 해야 할 때 불편한 적이 꽤 많았습니다. 비의도적으로 상대방의 일상을 직접적으로 방해(?)하는 느낌이 싫었거든요. 나도 물론 그런 방해를 받고 싶지 않았지요. (스스로를 '폰 포비아'라고까지 표현하고 싶진 않지만, 그 단어가 전하고자 하는 느낌에는 공감하는 바가 있습니다.)

그런데 문자는 그런 신경을 거의 쓰지 않아도 됩니다. 아주 급한 일이 아니라면 문자를 보내놓고 답이 오면 확인하면 됩니다. 나는 하던 일을 계속하면 되고요. 문자를 받는 경우에도 뭐 좀 빨리 보면 보고, 늦게 보게 되면 늦게 봅니다. 영 급한 일이면 상대방이 다른 방법을 찾겠지요. (언론 종사자도, 사업가도 아니라서 하는 배부른 소리이니 양해 부탁드립니다.) 부수적인 장점(?) 중 하나는 카톡과 달리 문자는 상대방이 읽었는지 여부가 잘 확인이 되지 않는다는 겁니다. 그러니 읽지 않음을 나타내는 숫자가 사라졌는데도 답이 없네 어쩌네 동동거릴 필요 없어 그것도 좋습니다.

메일에 비해 간편하고 신속한 것에 더해 직접 통화하는 것에 준하는 구두 언어적 쌍방 소통을 할 수 있는 것도 장점입니다. 물론 보통의 경우 실시간 쌍방은 아닙니다만, 그것도 내겐 그리 나쁘지 않습니다. 소통 중 필요하다면 약간의 표정 이모티콘을 사용해 구두 언어적 느낌을 배가시킬 수도 있습니다. (물론 사용 종류와 양은 최소를 원칙으로 합니다. 내가 쓰는 이모티콘의 종류는 총 6개 정도가 답니다. 이모티콘이 비대면 대화 상황을 보다 친근하고 생동감 있게 재현하는 역할을 하고, 건조한 언어의 감성을 회복시키는 효과가 있지만 자칫 과다한 감정 소비를 유발할 수 있다 생각하기 때문입니다.)

문자메시지의 또 하나 훌륭한 점은 소통 내용이 보관된다는 겁니다. 구두 언어로 이야기한 내용을 서로 다르게 이해해 문제가 생겼던 경험 있으실 것 같은데, 그런 점을 미연에 방지할 수 있습니다.

특히 약간의 공식성을 가진 내용이거나, 기억해야 할 날짜나 장소 등이 있을 때 정말 좋습니다. 어떤 문제가 생겼을 때 근거자료로도 사용 가능합니다. 문자메시지의 문자 언어적 성격이 십분 활용되는 것인데, 이때 문자로 나눈 대화는 녹취된 말과 같은 효과를 가져 보다 정확하고 증명 가능한 소통을 가능하게 해줍니다.

직접 말로 하기 살짝 낯간지럽거나 미안하거나 껄끄러운 이야기를 해야 할 때도 문자메시지의 간접성이나 문자성이 효과가 있습니다. 예를 들어 화가 났을 때 문자는 마음을 다스리는 데 큰 도움이 됩니다. 일단 격한 음성, 표정, 몸짓 등을 소거할 수 있고, 타이핑 과정에서 시간 차이가 생기니 그 사이에 마음을 정리할 수 있고, 문자가 기록에 남는다는 생각을 하지 않을 수 없어 절제된 언어를 사용하려 애쓰게 됩니다. 일종의 '자발적 자기검열'을 하는 셈입니다. 내가 욕설을 입에 담고 사는 사람은 아니나 정제된 언어 사용은 언제나 중요하고, 나중에 부끄러워지면 안 되지 말입니다. (참, 문자가 이리저리 유용한 면이 많으나 '상황정의 situation definition'라는 것이 있는 법인데, 해고나 이별 통지를 문자로 하는 건 좀 아니지 싶습니다. 소통의 내용에 맞는 적절한 매체 선택도 쉬운 일이 아닙니다.)

아무튼 새로운 소통 도구로 인한 소통 형식과 내용의 생성과 변화가 사회학자인 내게 매우 흥미로웠던 것도 사실이나, 무엇보다 나는 이 '단순하고 초보적인' 기술에 기반한 소통 도구가 나를 위해 개발된 것이 분명하다 우깁니다. 폰으로 카톡도 폰뱅킹도 게임도 유튜브 시청도 하지 않고, 심지어 전화도 잘 받지 않아 도대체 폰을 왜 들고 다니냐는 지청구를 듣는 폰맹이지만 문자메시지는 포기 못 할 것 같습니다.

부탁 하나. 내가 보낸 문자를 받으셨다면, 불가피하지 않은 경우 문자로 답 부탁드립니다. 어려운 경우, 먼저 문자로 통화 가능하냐, 물어봐 주시면 대단히 고맙겠습니다.

그런데 말입니다. 꼭 있습니다. 문자 보내면 전화하는 사람! 대부분은 그것이 예의라 생각해 그러는 것 같은데…. 음, 나한테는 안 그러셔도 됩니다. 아니 안 그러시는 것이 더 좋습니다!

# '낙오'라는 이름의 저항

꽤 오래전부터 기피증 비슷한 게 있었습니다. 예를 들어 천만영화, 메가히트곡, 베스트셀러 등에 대한. 온갖 유행에도 짐짓 모른 척, 시큰둥하게 대하려 애썼지요. 뭔 심보인지 모르겠습니다만, 옷가게 직원의 '이게 요즘 제일 잘 나갑니다'는 말에 '그런데요?'라는 못된 답이 목구멍으로 올라오는 걸 간신히 참고 겨우 하는 대답이라는 게 '아, 예'입니다.

그런 나는 SNS를, 심지어 카톡도 하지 않는 어른이 되었습니다. 배달앱, 호출앱 같은 것은 써 본 일이 없고 공기청정기, 로봇청소기 등의 최신 가전은 그저 남의 나라 이야기인가 합니다. 요즘 같은 세상에. 명색이 사회학 공부한다는 사람이 말입니다.

그리고 우리나라 도시화율이 5%도 안 될 때부터 대도시에 산, 도시 부적응자, 자본주의 부적응자인 나는 늘 꿈만 꿉니다. '자연인의 삶'을. 도시화율이 90%를 넘어선 나라에서.

이리 말하면 '절반쯤 자연인'으로 생각될지 모르지만 전혀 아닙니다. 호미질 한번 제대로 해본 적 없고, 한뎃잠도 자본 적 없는 태생 도시인인 나는 거기엔 명함도 내밀지 못합니다. 그러나 뭔가 어디선가 조금씩 지속적으로 미끄러지는 성향은 있(었)습니다.

다양한 해석이 가능할 수 있겠지만, 최근 그럴듯한 이름을 하나 발견했습니다: '자발적 낙오에의 경향성'

오, 그럴듯해 보이는군요. 이름을 지은 김에 내가 왜 그런 경향성을 보이게 되었는지, 그 의미가 뭘지 조금 더 생각해봤습니다.

일단 '능력 부족'인 것 같습니다. 내 육체가 가진 능력은 제한적이고 그나마 계속 줄어들고 있는데, 시간은 정해져 있고 애당초 모든 것을 할 수 있는 것은 아니었습니다. 게다가 모든 것을 더 빨리 더 많이 해야 하는 세상에서 과부하는 피할 수 없는 수순이었지요. 따라갈 수 없는 것을 계속 따라가려 노력할 것인지, 적어도 어느 부분에서는 '낙오'하기로 결정할 것인지의 선택만 남았습니다.

인간이 육체를 벗어나지 못하는 한 가질 수밖에 없는 삶의 조건이 있습니다. 인간의 맘과 몸은 세상의 변화 속도에 맞춰 그만큼 변화하진 못했습니다. 백 년 전 인간과 현재의 인간 조건의 차이보다 백 년 전 세상과 지금 세상과의 차이가 훨씬 더 클 겁니다. 현재의 삶은 육체적 인간이 감당할 수 있는 삶의 시선과 범위를 훌쩍 뛰어넘고 있고, 끊임없이 질문을 던지고 있습니다. 어떻게 미치지 않고 살 수 있는지. 소위 '특이점'이 와서 인간이 육체를 벗어나게 되는 날이 오면 그날엔 모르겠으나….

내가 무엇을 할 수 없는지, 무엇을 하고 싶지 않은지 선택해야 했고, 적어도 나는 그 선택의 주인이 되고 싶었던 것 같습니다. 물론 그것은 선택의 '느낌'에 불과할지도 모릅니다. 사회적, 역사적 존재인 인간이 무맥락적인 진공상태의 온전한 주체성으로 뭔가를 선택한다는 것은 불가능에 가깝다는 것을 사회학자인 나도 알만큼은 압니다. 그럼에도 그 느낌마저 포기하기는 쉽지 않네요. 그것이 착각이라 해도 말입니다.

대단한 능력자도 엄청난 추종자를 가진 것도 아닌 미미한 개인에 불과하지만, 내 삶의 형태는 최소한 내가 만들어가고 싶었습니다. 그런 느낌은 갖고 싶었습니다. 그리고 내가 바라보는 방향은 안타깝게도 사회가 변해가는 방향과는 어느 정도 괴리가 있었고, 나는 '자발적 낙오'를 선택했습니다.

조금 더 거창한 정당화를 시도해보자면 이 낙오는 '선택된 낙오'이고, 하나의 '선언'이라고 생각합니다. 이렇게는 살지 않겠다, 내 삶의 시공간을 어떠어떠한 것들로 채우지는 않겠다는.

하여 내게 낙오는 일종의 '저항'입니다. '증강 신체'의 사용이 일상인 세상에서 두 발로 걷기라는 더없이 느리고 비효율적인 행위가 때로 의도적 때로 비의도적으로 하나의 '저항'이 되어가듯 말입니다.

나란 존재 자체가 이 시대의 산물일 테니, 완전한 낙오는 가당치 않을지 모르나, 저항이라는 것은 본디 성공을 담보 받지 못한 상황에서 해야, 더 폼나는 것 아닌가요? 그러니 조금 외로워도, 조금 고달파도….

그리고 다양성, 포용성, 개방성이 '신조'처럼 말해지는 세상에서 이 정도 '일탈'이야 받아줘야지 않을까요? 아니 이것은 일탈이 아니네요. 위에서 말했듯 나와 같은 존재의 등장 또한 시대의 산물로 봐야 할 테니 말입니다.

나는 기꺼이, 일정 부분에서 '낙오'하기로 결정했습니다. 멈추기로 했습니다. 그만 가기로 했습니다. 천천히 하기로 했습니다. 그것이 나의 삶을 최소한 망가뜨리는 일은 하지 않도록 나를 지켜주리라 믿어지기 때문입니다.

내게 낙오는 선택이며, 결정이며, 저항입니다.

할 수 없는 일도 많고, 해도 안 되는 일도 많지만 그럼에도 불구하고 할 것인지 말 것인지에 대한 결정은 나의 몫으로 남겨야지 않을까요. 하여 나는 '중단하기로 하는 저항', '물러섬을 실천하는 저항'을 이 시대를 적극적으로 성찰하는 또 하나의 방법으로 이해합니다.

# 코로나19
## 시대의
## '자발적 자가격리'

　백신이 나오기는 했지만, 코로나19처럼 전염력이 강하고 변이를 계속해 보다 강력해지는 바이러스의 확산을 막는데 사람들이 모이지 않는 것만큼 강력한 방어기제가 없는지라 전 지구적 차원에서 거리두기 운동이 실시되었습니다.

　겪어보지 못했던 시간을 잘 살아내기 위한 각종 아이디어도 쏟아졌지만, 기간이 길어지면서 적잖은 사람들이 답답증과 우울감을 호소했습니다. '코로나 블루'라는 용어가 회자되며 사회적 문제로 대두되기도 했습니다. 나도 나름 사교적인 인간이라(아니 그렇게 보이는 인간이라) 혼자 조용히 있는 것을 부담스러워할 거라 지레짐작하는 사람들이 있지만, 아닙니다.

　코로나19 사태로 인해 내가 겪은 어려움은 '바이러스 직격탄'을 맞은 사람들에 비하면 그야말로 '티끌'만큼이라 내세울 바가 전혀 없지만, 일상이 멈춘 것은 물론 내게도 낯선 일이긴 했습니다.

그러나 — 온 나라 전 지구를 패닉 상태에 빠뜨린 일이니 명색이 대학 선생이라는 사람이 해서는 안 될 소리고, 정말 죄송하고 조심스러운 얘기지만 — 코로나19 초기, '일시정지'된 세상에서 갑자기 찾아온 새로운 일상은 생각보다 나쁘지 않았습니다. 아무도 나를 찾지 않고 온 세상이 조용하니 애쓰지 않아도 자연스레 고요히 머물러 있기가 가능해진 것입니다. 갑자기 생각지 못했던 휴가를 받은 느낌까지 들었습니다. 스님이 하안거, 동안거에 든 것 같은 기분이 이렇지 않을까 싶기도 했습니다.

코로나19는, 알래스카 정도나 여행을 가야 가능해 보이던, 일상 안에서는 불가능해 보이던 고요함을 가져다줬습니다. 평소 같으면 사람들과 끊임없이 뭔가를 도모해야 하고, 뭔가 생산적(?)인 일을 해야 하고, 그것으로 인한 스트레스로 머리가 아플 텐데, 자연스레 단절과 격리가 일어나 생활이 단순화되니 종일 쳐박혀 있어도 죄책감이 없고, 알람 없이 잠들고, 책 읽고 낮잠 자고 산책하고…. 그런데 어디서도 나를 찾는 사람은 없고…. 이런 신세계라니…. '합법적으로' 갇혀 있을 수 있어 진심 좋았습니다. (물론 입도 뻥긋 못했습니다. 얼마나 타박을 받았을까요. 그러나 아마도 나 같은 사람이 나만은 아니었을 걸요?)

신종 바이러스가 가져다준 이런 의외의 작은 선물(?)이 인간사회에 미친 엄청난 피해와 결코 비교될 수는 없는 것이지만, 내게 새로운 생각을 하게 해준 것은 사실입니다.

고백하건대 전 지구적 네트워크사회의 너무 많은 연결과 소통에 자주 힘들었고, 대도시에서 내가 원하지 않는 높은 밀접도 때문에 지속적으로 스트레스를 받고 있었던 터입니다. 지나치게 가까운 타인과의 거리가, 그것을 아무렇지도 않게 생각하는 사람들이 자주 부담스러웠습니다. 이것은 나도 사회적 존재이고, 남 보기에는 비교적 사교적 인간이라는 사실과 상대적으로 무관합니다.

평소에도 이런 문제적 상황을 어느 정도 조절, 통제 가능한 것으로 만들기 위해 나름의 방식들을 마련하고 한시적 단절과 격리를 실천하려 노력하는 편이긴 합니다.

SNS를 하지 않고, 심지어 국민 카톡도 쓰지 않습니다. 모르는 번호로 오는 전화는 받지 않습니다. 주말에 업무 이메일은 보지 않는 것을 원칙으로 합니다. 폰도 잘 보지 않지요. 전화보다는 문자를 선호합니다. 다른 이유도 있지만 상대방의 상황에 대한 개입 정도가 낮기 때문이기도 합니다. 이는 다른 말로 내 생활의 흐름이 타인에 의해 수시로 개입 받는 것에 대한 불편함의 표시이기도 한 점, 인정합니다.

가능한 대로 출퇴근시간을 피해 움직입니다. 불가피한 경우가 아니면 복잡한 엘리베이터는 그냥 보내지요. 최소한의 거리를 확보하는 골육지책으로 지하철 의자에 앉을 때는 엉덩이만 간신히 걸쳐 앉습니다. 낡은 영국 런던 지하철이 부러웠던 단 하나의 이유는 자리가 팔걸이를 통해 '1인분씩' 구획되어 있었기 때문입니다. 고속열차 이용 시 옆자리가 빌 가능성이 높은 역방향을 선호합니다. 줄을 서야 하는 상황에서 지나치게 가깝게 다가서는 사람을 피하기 위해 가방 등을 적절히 이용하기도 하지요.

식당도 피크타임을 피해 방문하길 선호하고, 가서는 가능한 대로 다른 테이블 사람들과 멀리 앉습니다. 음식을 나눠 먹어야 할 때는 공동 수저를 부탁해서 받는 건 기본이죠. 어떤 지역 방문 시 그 지역 축제기간은 일부러 피합니다. 전시 설명을 듣거나 할 때 사람들과 떼로 몰려 있지 않으면서도 설명이 잘 들리는 자리를 찾는 데 신경을 씁니다. 사람들이 운집하는 장소는 내겐 기본적으로 기피 대상입니다.

적고 나니 참 이상한 사람으로 보일 것 같네요! 그래서 떠들고 다니지도 못했습니다. 이상하게 보일까 봐요. 그리고 나도 압니다. 이렇게 살면 뭔가 놓칠 수 있다는 것을. 그러나 그것보다 더 중요한 것이 있다 생각했고, 그것을 놓치고 싶지 않다는 마음이 더 컸습니다. 암튼 그런데 이번에 코로나19 바이러스가 오랫동안 속만 썩으면서 해결하지 못하던 문제를 일거에 해결(?)해준 것 같은 착각을 하게 됩니다. 예전엔 나만 너무 예민한, 살짝 이상한 인간이었는데 말입니다.

물론 이 시기가 지나면 사람들은 또 잊고, 물리적이든 정신적이든 적절한 거리를 확보해주지 않을 것 같아 벌써부터 걱정이지만, 그래도 코로나19 이전 같지는 않겠지요. 그리고 적어도 나는 이제 내 개인적 예민함에 대해 '공중보건'이라는 '명분'도 얻었습니다.

사스 이후 온라인 시대가 큰 진전을 한 것처럼, 코로나19 이후 보다 급진화된 온라인 시대가 도래할 것임을 예상하는 전문가들이 많은 것 같습니다. 연결은 되어야 하니, 온라인으로 이동한다고 보는 것이겠지요. 전체적으로 동의합니다. 그러나 작용은 거의 항상 반작용을 견인한다는 점을 기억한다면, 이번 사태가 우리가 과밀하게 모여 살고 있고,

너무 많이 접촉하고, 끊임없이 연결되어 있었다는 것에 대한 문제의식
도 더 끌어올리게 될 것이라 생각합니다.

나만 이리 생각하는 것은 아닙니다. 사람들은 참 대단합니다. 포모
Fear of missing out족, 조모Joy of missing out족이라는 신조어도 만들어졌지요.
조모족은 아마 나 같은 사람을 이르는 것 같습니다. 비연결상태에 대한
자발적 추구. 그동안 개인적으로는 '자발적 낙오자voluntary dropout'라는
말을 써왔는데 말입니다.

어쨌든 초연결사회는 나 같은 인간도 만들어 냈고, 만들어 낼 것입
니다. 다수는 아니겠지만, 이런 삶도 존중받아야 한다고 생각합니다.
모름지기 다양성의 사회이기도 하고, 나 같은 인간들 또한 다름 아닌
초연결사회의 산물이기 때문입니다. 초연결사회이기 때문에, 바로 그
때문에 홀로 있음의 가치가 새로이 인식되는 세상 또한 오고 있습니다.
'과잉의 시대'이기 때문에 사람들은 '다른 삶의 방식으로서의 은둔'에 눈
뜨고 있습니다.


코로나19는 우리가 얼마나 강한 초연결사회에 살고 있는지, 그래서
어떻게 모든 위험과 리스크의 세계화를 피할 수 없게 되었는지, 또한
연결이 '아직은 몸이라는 구체적인 물질성을 가진' 인간이 감당할 수 있
는 수위를 넘은 것은 아닌지, 기술적, 과학적 발전을 저지할 수는 없겠
지만, 이런 시대를 사는 우리 삶의 태도에 대해서는 성찰해볼 필요가
있지 않은지…. 많은 생각을 하게 해주었습니다.

가끔의 자발적 단절과 격리가 이런 세상을 살아가는 하나의 지혜가

되지 않을까 하는 생각까지 하게 됩니다. 가끔 격렬하게 이 사회에서 낙오하고 싶다, 는 생각을 하는 사람이라 더 그런 것 같습니다만 글로벌화된 바이러스가 우리에게 묻는 것 같습니다: 어떤 삶을 살 것인가. 어떤 삶이 지속 가능한가.

물러남의 방식으로 세계에 참여하는 것은 도피가 아니라 다른 방식의 세계구성이며, 고독은 욕망하지 않는 것과의 연결을 끊은 자가 확보한 자유(김홍중,《은둔기계》중)라는 멋진 말에 기대 나를 정당화해보기도 합니다. 그리고 나는 어디선가 주워들은 '혼자도 잘 사는 사람이, 같이도 잘 산다'는 말을 철석같이 믿고 있습니다.

샘, 이라고 소리 내어 말하면 마치 숲, 이라고 발음할 때처럼 기분이 좋아지는 경험을 합니다. 작지만 늘 새로움이 솟는 아늑한 공간이라는 느낌. 강이나 바다 정도는 못되지만, 고인 물은 아닌. 내 그릇에 그 정도면 충분하다 싶습니다. 샘이라 불릴 수 있는 직업을 가진 것은 내 직업을 꽤 괜찮은 일이라 생각하는 이유 중 하나가 되었습니다.

거기에 일천 천(千)이라는 내 성 한자의 의미를 얹어 천개의샘이 된 것입니다. 멋집니다. 백개의샘은 좀 작다 싶고, 만개의샘은 좀 버겁다 싶은데…. 천개 정도가 딱입니다. 그래 그 정도면 좋겠다. 약간의 도전도 되고….

II

천개의샘

# 이름,
# 뒤집지
# 말자

얼마 전 졸업생 한 명에게 영어 이름 뒤집어쓰지 말자는 이야기를 하면서, 궁금해하는 그 친구에게 이유는 나중에 설명해주겠다 했습니다. 지금이 그 시간인가 보네요. 오늘도 받았거든요. 'Kil Dong Hong'이라고 적힌 명함.

아쉽습니다. 성과 이름이 뒤집힌 영어 이름. 볼 때마다 매번 아쉽습니다. 왜 그렇게 썼는지 모르는 바 아니지만, 그리고 '사소한' 일에 너무 거창한 의미를 두는 것은 아닌가 싶기도 하지만, 이런 명함을 받을 때마다 '정체성'이 뒤집어진 느낌이 들어 살짝 불편합니다.

무슨 말이냐고요? 일단 생각해보죠. Barack Obama를 한글로 적을 때 오바마 버락이라고 적나요? 아니지요? 하지만 우리 식으로 부를 수 있는 것 아닌가요? 그럴 생각조차 해보지 않으셨나요? 왜일까요? 우리 이름은 알파벳으로 적을 때 뒤집어 쓰면서…. (때로는 무엇이 왜 질문되지 않는지에 대해 생각해보는 것이 사고 확장에 꽤 유용합니다.)

아마도 서양사람들의 이해를 돕기 위한 것이겠지요. (내가 모르는 다른 이유가 있다면 좀 알려주시길요.) 그렇다면 내가 이상하게 생각하는 것은 왜 서양인의 이름은 그대로 두면서, 우리 이름만 뒤집어 쓰냐는 겁니다. '약자의 설움' 같은 것일까요? 음, 10대 경제대국 운운하는 나라에서 이제 이런 말은 하면 안 되겠지요? 참고로 서양 언론에서도 우리나라 대통령 이름을 더 이상 뒤집어 부르지 않습니다. 예컨대 Moon Jae In이라고 하지, Jae In Moon이라고 하지 않지요.

압니다. 너무 예민한 것일 수도 있고, 그것이 그리 중요한 일이냐는 반대의견도 있을 것 같습니다. 허나 이름은 정체성이고, 쉽게 뒤집을 일이 아니라고 생각합니다. 이해를 도울 필요가 있다면 Hong, Kil Dong이라고 쓰면 될 듯요. 쉼표 하나만 찍어주면 그 앞에 있는 알파벳이 성이라는 것을 서양사람들도 알아챕니다. 서양에서 성을 앞에 써야 하는 경우 이미 사용하고 있는 방법이니까요. 성 전체를 대문자로 쓰는 방법도 있습니다. HONG, 이렇게요. 조금 더 선명하지요. Kil-Dong이라고 쓰면 이 두 글자가 연결되어 읽히는 이름이라는 의미도 전달할 수 있습니다. 친절은 그 정도로 충분하지 않을까요? 조금 더 친절하려면, 한국에서는 성을 앞에 씁니다, 보통의 경우 성은 한 글자이지요, 라고 말해주면 되겠지요?

꽤 오래 관습적으로 많은 사람이 해온 일이라 내 제안이 좀 낯설 것 같고, 이제 와 굳이…. 이런 생각이 들 수도 있을 것 같지만, 한번 생각해 봐주시길요. 사람과 사물에 이름을 붙이는 것은 의미를 부여하는 가장 기본적인 행위입니다. 내가, 우리가 어떤 사람인지, 무엇을 지향하는지 명시적으로 보여주는 작업이지요. 그래서 옛사람들도 모든 건물에, 모든 땅에 그리고 모든 사람에게 그리도 열심히 이름을 붙였을 겁니다.

아마 김영하 작가일 텐데 작가는 '이름을 수집하는 사람'이라고 하더군요. 모든 사물에 올바르고 적절한 이름을 붙여주고 찾아주는 일. 꼭 작가가 아니어도 해야 하는 일이고, '이름을 바로 세우는 것'은 모든 일의 출발이고, 중요한 일이 아닐 수 없습니다.

정명(正名). 거저 받은 이름이지만 세월을 거쳐 내가 된 이름, 그 고유명사를 뒤집어 사용하지 않는 것에서부터 시작하면 어떨까요? 습관적으로 행해져 온 일이라면 이참에 바꿔보면 어떨까요? 우리 이름을 스스로 뒤집어 쓸 일이 아니라, 우리가 성 + 이름의 순서로 쓴다는 것을 그들에게 알게 하면 될 입니다. 주인이 되는 일, 주인으로 사는 일, 내 이름부터 제대로 지키는 것으로요.

Kil Dong Hong이라고 적힌 명함 받는 일이 없을 날을 기다립니다.

# 내
# 이름을
# 사랑한다는 것

오대산 근처에서 만난 분의 명함에는 본명은 적혀 있지 않고 손글씨로 또박또박 '그릇굽는집'이라고 적혀 있었습니다. 그분이 전하고자 하는 뜻이 있었겠지요.

고향에서 망해 먹고 봉평으로 와 자리 잡게 됐다는 주인장이 운영하시는 메밀가게 방들의 이름은 봉달, 봉순, 봉구입니다. 모두 다 주인장의 이름이라네요. 본명조차 다른 사람들에게 알리고 싶지 않았던 시절의 흔적입니다. 이제는 웃으며 이야기할 수 있는 옛날. 지금은 어엿한 본명을 찾으셨더군요. 이름은 그렇게 어떤 이의 정체성을 담으며 사람과 사물의 속내를 보여주기도 합니다.

이름 때문에 고역을 치르는 경우들도 있지요. 가르쳤던 학생 중에 안재수라는 친구가 있었습니다. 같이 했던 문화사회학 수업에서 마침 이름(네이밍)의 문화적, 역사적 의미에 대해 다루었는데, 본격적 작업에 앞서 우선 자신의 이름이나 동네 이름 등 주변의 이름에 대해 알아보고 생각을 정리해보는 사전작업을 했었지요.

재수는 자신의 이름에 대한 글을 써왔었는데, 어렵지 않게 짐작되겠지만 그 학생은 어릴 때 이름으로 인해 간혹 놀림을 받았던 경험이 있었습니다. 재수가 있네 없네, 안재수이니 재수가 없는 건가, 재수가 없는 게 아닌 건가⋯. 그래서 이름이 싫었고, 잠깐은 개명 생각까지 했더라네요.

그런 재수가! 수업 시간에 이리 말했습니다. 자신의 이름이 참 좋다고. 사람들이 한 번 들으면 딱 기억한다고. 그리고 조금 독특한 이름을 활용해서 자기를 어필하기도 좋다고. 내가 키운 것은 아니지만, 잘 컸구나, 뿌듯하더군요.

그 외에도 많지요? 이름 에피소드. 이름처럼 늘 너무 진지하다고 놀림 받는 진지혜, 이름이 부담스러운 최성실⋯. 스스로에게 새로운 이름을 부여하는 방식으로 문제를 해결하는 사람들도 있고, 자신에게 주어진 이름을 이름보다 더 멋지게 살아내는 것을 통해 한 뼘 더 성장하는 사람들도 있습니다. 모두 나름의 방식으로 자신의 삶을 사랑하는 사람들입니다.

내 이름은 아버지가 지어주신 거라네요. 현수라는 작명소 이름도 있긴 했는데, 호적에는 선영이가 올랐지요. 딸이 셋인데, 이름이 거꾸로 진선미입니다. 딸을 셋 나을지 아닐지 모르니 미영이부터 시작하셨답니다. 둘째니 이러나저러나 선영이었을 것 같네요. 어머니는 그것 때문에 딸을 셋 낳게 되었다고 주장하십니다.

암튼 내 이름 싫진 않았습니다. 대단히 특별한 이름은 아니지만, 그래도 뭔가 따뜻하고 착해 보이지 않나요? 선영이라는 이름을 가진 '나쁜 사람', 아직은 못 봤습니다. 한때 '선영아 사랑해'라는 광고가 길거리를 뒤덮어 인사도 많이 받았네요. 연음으로 서녕이라고 부르는 친구도 있었는데, 조금 더 부드럽고 세련되게 들리기도 하고 뭐 그것도 나쁘지 않습니다.


이름과 관련해 제일 뿌듯한 일은 선생 노릇을 하며 생겼습니다. 나랑 좀 가까운 학생들은 나를 천샘이라고 부릅니다. (한자는 다르지만, 학생들이 내가 내리는 '벌'은 천벌이라고 농담을 하기도 한다네요.) 교수 말고 선생이라 부르라고 시켜서요. (직분으로 교수직을 수행하는 사람을 넘어, 선생이 되고 싶은 욕심 때문입니다. 물론 부르는 사람 마음이지만 말입니다.) 그런데 천샘이라 부르다 보니, 어떤 친구의 생각이 '천개의샘'이라는 말에 닿았나 봅니다. 말도 참예쁘게 하고 글쓰기를 좋아하던 국문과 졸업생. 졸업한 후 한참이 지난 어느 날 '천개의샘'이라고 수 놓은 천 도시락보를 보내왔습니다.

그날, 나한테도 드디어 '호'가 생겼습니다! 세례명이 있긴 하지만, 주변 샘들이 멋진 호 하나씩 받거나 지으신 것 보면 내심 부러웠는데, 엉겁결에 제자로부터 '천개의샘'이라는 멋진 호를 선물 받았습니다. (그러니, 학생 여러분, 천쌤이라 부르지 말고 천샘이라 불러주길요.)

정신없이 지내던 몇 년, 그 이름을 깜박 잊고 있었는데, 어느 날 문득 갑자기 기억이. 아, 이 좋은 이름을, 거저 생긴 사랑스러운 이름을 잊고 있었구나, 했습니다.

　이후로 열심히 챙겨 쓰고 있습니다. 저작권료도 안 내고. 말할 때마다 들을 때마다 좋습니다. 어쩌다 선생 노릇을 하는 사람에게 맞춤한 이름인 것도 같고요. 성 때문에 생긴 호라 그것도 좋습니다. 내 이름을 더 사랑하게 되었습니다.

　본인의 이름을 사랑하시는지요? 본인이 사는 동네를, 본인이 다니는 학교를 사랑하시는지요? 그렇다면 아마 본인을 사랑하는 분일 겁니다. 참, 좋은 일입니다!

# 이름의
# 역사를
# 아시나요?

워낙 궁금한 것이 많은 인간이기도 하지만, 어떤 공간을 방문할 때 꼭 하는 일 중 하나가 공간 명의 '역사'를 확인하는 겁니다. 어떤 공간을 공들여 만들면서 이름을 '함부로' 짓는 사람은 많지 않을 테니까요.

공간 명의 뜻과 이유를 알게 되면 그 공간에 대한 이해가 한층 높아지지요. 근무하는 학교 근처 카페 중에 '주비'라는 예쁜 이름을 가진 곳이 있습니다. '두루 향기롭다'라고 이름의 뜻도 같이 적혀 있지요. 딸의 이름이라 들었습니다. 이런 이름을 지어주는 부모가 있는 이 따님. 몸맘 건강하게 아주 잘 클 것이라 믿어 의심치 않습니다. 카페 주인장과 잠시 얘기를 나눈 적이 있었는데, 본인의 카페 또한 '두루 향기롭기를' 바라는 마음이 읽혀서 좋았습니다.

아이의 이름을 짓는 부모의 마음에는 아이가 무탈하게, 선하게 나아가 주변에 빛이 되는 존재로 자라기를 기원하는 마음이 기본적으로 담기지 않을까요? 물론 정말 성의 없이 지어진 이름들도 있지만 이름, 훨씬 그 이상을 살아내는 삶이 그런 이름조차 의미 있는 것으로 보여지게도 합니다. 영유아 사망률이 높았던 예전엔 갓난아이에게 일부러 험한 이름을 지어줘 보호하고자 했다죠. 그 아이가 부디 건강하게 자라길 바라는 간절한 기원이 담깁니다.

새로 안 브런치 카페 이름은 '달콤한게으름'입니다. 알게 되었을 때 이름이 맘에 들었습니다. 아주 바쁘게 살고, 아주 많은 돈을 벌겠다는 분들은 아니겠구나 싶었거든요. 일단 일주일에 이틀 쉽니다. 소비자 입장에서는 아쉬울 수도 있으나, 나는 그것도 맘에 듭니다. 이름은 '달콤한게으름'인데, 연중무휴, 뭐 이러면 좀 당황스러울 것 같습니다.

이야기하다 보니 '이화에월백하고'라는 '낭만적' 이름을 지닌 평창 산중카페 주인장 부부도 생각나고(두 분의 삶이 그리 낭만적이기만 한 것 같진 않습니다만, 그럼에도 이런 이름을 지을 수 있다는 것이 '내공'이겠지요?), 찐빵의 고장 안흥에서 당당하게 '이가본때'라는 야무진 이름의 우리 밀 빵집을 운영하는 이씨 부부도 생각납니다.


조금 다른 이야길 보태보자면 내가 재직하고 있는 대학의 메인 캠퍼스 이름은 '복현伏賢'입니다. 캠퍼스 공간에 여러 동네가 들어와 있는데, 상대적으로 적은 면적을 점하고 있는 동네 이름을 따왔습니다. 학생들과 함께 조사를 한 적이 있었는데, 개교 초부터 복현캠퍼스라는 말을 일관되게 썼다는 것을 알 수 있었습니다. 학교 대표 주소는 그때나 지금이나 산격동이었는데 말입니다. 다만 그 이름이 선택된 정확한 이유는 끝내 알아낼 수 없었습니다.

합리적 추론은 개교 당시 캠퍼스에 포함되었던 복현동伏賢洞, 산격동山格洞, 신암동新岩洞 중 그 의미가 가장 대학과 어울리는, '현명함에 엎드린다'는 뜻의 이름을 택한 것 아닐까 하는 겁니다. 그런데 수십 년 동안 복현골, 복현인, 복현축제, 복현의소리라는 말이 쓰여 왔음에도 불구하고, 복현캠퍼스라는 이름은 슬그머니 산격캠퍼스라는 이름과 병행해서 쓰이더니(그럼 산격캠퍼스의 복현인인가요?), 상주대학교와 통합 후 공식적으로는 아예 대구캠퍼스라 불립니다. 대구에 복현캠퍼스만 있는 것도 아닌데…. 어쨌든 그렇게 복현캠퍼스라는 말이 사라지고 있습니다.

몹시 아쉽습니다. 그런데 나만 그것이 아쉬운 건가요? 이런저런 경로로 문제를 제기하지만, 그에 대한 진지한 논의가 되고 있다는 이야길 들어본 적이 없습니다. 공문 같은 곳에는 대구캠, 산격캠, 복현캠이라는 이름이 혼재되어 쓰이네요. 헷갈리게스리….

'역사바로세우기운동'. 이런 것 할 때 중요한 일 중 하나가 이름 바로 세우기 아닌가요? 서울 숭례문이 한동안 남대문으로 불렸던 것, 많은 분이 기억하실 겁니다. 이름 바로 세우기는 언제 어디서나 필요하고도 중요한 일이라 생각합니다. 이름은 정체성이기 때문입니다. '학교캠퍼스 이름바로세우기운동'은 재직하는 한 계속할 생각입니다. 그사이에 내 이야기를 들어줄 귀가 있는 학교 책임자, 한 분은 만날 수 있겠지요?

바르고 정확한 이름, 아름다운 이름, 지은 사람의 마음이 담긴 이름,

거기에 문화적 역사적 의미까지 담긴 이름을 들여다보는 일은 참 기꺼운 일입니다.

대구 도심 하천인 신천 주변 건물에 '누가 이름을 함부로 짓는가'라는 대문짝만한 광고 문구가 달려 있는데, 맞습니다. 이름, 함부로 지으면 안 되지요. 마음 써서 잘 지읍시다! 내(우리)가 어떤 삶을 살고 싶은지가 읽히는 중차대한 문제이니 말입니다.

본인의 이름은, 본인이 사랑하는 사람들의 이름은 어떻게 지어진 것인지 아시나요? 본인의 동네, 동네 산, 좋아하는 카페, 식당 그곳들 이름의 유래 알고 있으신지요? 한번 알아보시길 권합니다. 아는 만큼 kennen 더 사랑하게lieben 될 지도요.


다른 곳에서 개인적으로 '짓는다'는 말을 좋아하고, 의식주, 게다가 글까지 짓는다, 라고 하는 한국어가 좋다는 이야기한 적 있는데, 이제 보니 우리는 이름도 짓는다 하네요. 멋집니다!

# '자영이'를
# 아시나요?

'자영이'가 누군지 아시나요? 나는 압니다. 자영이는 내 별명 중 하나니까요. 사람들이 나보고 저기도 자영이 한 명 있다 할 때 무슨 말인가 했는데, 자영이는 '자유로운 영혼'의 약자라 합니다. 아주 빡빡한 조직은 아니지만, 명색이 조직 생활을 하는 사람에게 자유로운 영혼이라는 말은 칭찬이라기보다는 '욕'에 가까운 말일 수도 있습니다.

그런데 그런 '낙인 아닌 낙인'이 좋습니다. 더 이상 그렇지 않은 척할 필요가 없으니까요. 이리 말을 한다고 해서 조직의 통상적인 일들을 다 무시하고 아무것도 하지 않는 사람으로 오해하진 않으셨음 합니다. 그 정도는 아닙니다. 다만 몇 가지를 안 할 뿐입니다.

예를 들어, 나는 총장님도, 학장님도 기본적으로는 동료 교수일 뿐이라고 생각합니다. 일정 기간 특정한 보직을 수행하는 분으로 생각하지요. 그분들에게 깍듯하게 대하지 않을 이유는 없으나, 특별히 그분들에게 더 깍듯하게 대해야 한다고 생각하지도 않습니다. 그래서 그런지 본부에서 나를 찾는 일은 없네요. 감사하게도 말입니다.

대신 교수회 일을 몇 번 했습니다만, 그때도 자영이 티를 엄청 냈습니다. 당시 의장이던 선생님께 임원진에 합류하는 조건으로 '해보고 못하겠으면 중간에 그만둬도 말리지 않겠다'는 말도 안 되는 약속을 받았습니다. 의무로 해야 하는 일이 아니었기에 좋아하는 사람들과 좋은 컨디션으로 일을 하고 싶었습니다. 의무도 아닌 일을 의무처럼 할 생각은 없었거든요. 물론 이 멤버면 같이 할 수 있겠다는 생각 때문에 합류한 것이었고, 열심히 끝까지 일했습니다.

많이 유명한 사람도 아니지만, 종종 인터뷰 요청이 옵니다. 그때 응하거나 거절하는 나만의 기준이 몇 개 있습니다. 먼저 TV는 특별한 경우가 아니면 사절입니다. 간단한 '멘트 따기'라면 별 의미가 없다 싶고, 준비해야 할 것이 많아 번거로울 수도 있고, 얼굴을 알리는 일도 별로입니다.

신문 같은 경우, 학교 신문은 거의 대부분 응합니다. 그건 해야 하는 일이라 생각합니다. 일반 신문의 경우 단순한 멘트 따기는 사절입니다. 언론사에서 알고 싶은 내용은 대부분 정해져 있는 것이고, 거기에 이름만 얹어 쓰겠다는 식이 될 거라는 '편견'이 있기 때문입니다. 이름 빌려주기, 별로입니다.

방송이든 신문이든 잡지든 기자나 작가, 프로듀서 분이 진지한 태도로 취재 주제에 대해 '공부'를 하는 경우라면 자유로운 대화에 흔쾌히 응하기도 합니다. 때로 1시간 이상 얘기를 나누기도 하지요. 얼마 전에는 '이름으로 낙인찍기'에 대해서 라디오 방송 작가분과 한참을 떠들었네요. 내가 하고 싶은 이야기를 전하는 기회이기도 하고, 서로 공부하는 과정이라 생각합니다. 그 결과로 한두 마디 멘트 따기 하시는 일 정도는 양해하고 넘어갑니다.

이렇게 내 '기준'대로 사는 것 같이 보이는 나. 전화 연락도 잘 안 되고, 모르는 번호로 오는 전화도 안 받고, 카톡도 안 하는 나를 어떤 분은 정말 배부른 사람이라 놀립니다. 예, 맞습니다. 그렇게 살아도 살아지는 삶을 살 수 있어서 감사하게 생각합니다.

대단한 지위나 명성이 있는 사람은 아니지만 하고 싶지 않을 일을 비교적 많이 하지 않을 수 있는 직장에 다니고 있어 감사합니다. 어떤 분은 어떻게 자기 하고 싶은 대로만 사느냐고 합니다. 맞습니다. 그러기는 어렵겠지요. 나 또한 그렇게는 못 살고 있습니다. 그러나 노력하고 싶습니다. 내 소중한 인생의 시간을, 보고 싶지 않은 사람들과 내가 원하지 않는 일을 하며 보내고 싶지는 않습니다.


"나에게 소중한 것을 그 누구의 눈치도 보지 않고 추구해가는" 건 "인간의 절절한 의지"(정여울, 《나를 돌보지 않는 나에게》, 58쪽)라는 것에 동의하기 때문입니다.


제주에서 1주일에 5일 점심시간에만 반짝 장사를 하는 젊은이를 만난 적이 있습니다. 1만 원짜리 밥을 하루 최대 30명분 팝니다. 나름 유명해진 것 같았지만, 장사는 딱 그만큼만 합니다. 나머지 시간에는 본인이 좋아하는 바다에 나가 있다고 들었습니다. 주변 어른들 중엔 혀를 차는 분들도 있더군요. 젊은 사람이 저리 장사를 해서 어쩌려고 하냐는 것이겠지요.

나는 그 친구를 응원하는 마음입니다. 미래 준비도 해야겠지만, 그리고 우리가 100세 시대를 살고는 있지만, 솔직히 말해서 우리는 여전히 내일 무슨 일이 생길지 모르는 세상에서 살고 있는 것 아닌지요. 미래 때문에 오늘을 저당 잡히는 일은 하지 않아야 한다고 생각합니다. 그리고 오늘을 즐겁게 산다면, 내일을 기쁘게 산다면, 어떤 이유로 내 인생 전체가 행복하지 않겠는지요.

하고 싶은 일을 가능한 한 많이 하고, 하지 않고 싶은 일을 가능한 한 적게 하고, 만나고 싶은 사람을 가능한 한 많이 만나고, 만나고 싶지 않은 사람을 가능한 한 만나지 않고, 머무르고 싶은 공간에 가능한 한 오래 머무르며 살면 '행복'하지 않을까요?

어쩔 수 없는 상황에 있는 분들이 많다는 것 압니다. 배부른 소리 한다고 욕이 쏟아지는 것도 같네요. 그러나 나는 여행 중 그런 삶이 꼭 돈이 많고, 안정된 직장이 있어야 할 수 있는 건 아니라는 것을 온몸으로 증명해주는 사람들을 숱하게 만났습니다.

가진 것 정리해 1년간 세계여행을 하고 돌아온 부부. 여행길에서 만난 유명한 냉면집 주인과의 만남이 계기가 되어 냉면집 주인장으로 새 인생을 시작했습니다. 장사는 잘됩니다. 그런데 그 부부, 세 내며 장사하면서 한 달씩 놀다, 지금은 두 달씩 놉니다. 멋지지 않나요? 돈을 번 다음에 무엇을 하겠다가 아니라, 돈을 벌면서 오늘 지금 삶의 자리에서 즐길 수 있는 만큼 즐기며 삽니다. 그분들이라고 왜 미래에 대한 걱정이 전혀 없겠습니까만, 그분들은 아직 오지 않은 미래가 자신의 오늘을 망쳐서는 안 된다는 사실을 너무 잘 알고 있으신 것 아닐까요?

한 번은 양봉업을 하는 분이 장기 가족여행을 하고는 싶은데 장사 때문에 쉽지 않다셔서 오지랖으로 방법을 알려 드리기도 했습니다. 양봉은 아시다시피 겨울에는 팔기만 하면 됩니다. 게다가 그분은 대부분 온라인 판매를 합니다. 그러니 머리를 조금만 쓰면 겨울에 장기 가족여행을 가지 못할 이유가 없습니다. 꿀이야 전국 각지에서도 택배를 보낼 수 있는 것 아닌가요? '택배공화국' 대한민국의 장점을 활용하면 얼마든지 가능하다 싶었습니다. 서로 머리를 맞대고 그 궁리를 하는 시간 자체가 즐거웠네요. 그 집의 겨울 장기 가족여행 이야기를 곧 듣게 되길 희망합니다.


일상이 행복하지 않은데 일생이 어찌 행복할 수 있다는 것인지 나는 모르겠습니다. 그래서 나는 앞으로도 위에서 말한 분들을 '견본' 삼아 가능한 한 내게 주어진 시간을 내가 살고 싶은 방향으로 적극적으로 유도하며 살고 싶습니다. '그래서' 안 되는 쪽이 아니라 '그럼에도 불구하고' 되는 쪽으로 생각하면서요. 그러는 과정에서 내가 치러야 하는 대가가 있으면 기꺼이요. 저 놀부 두 손에 떡 들고, 할 생각인 것은 아니랍니다.

물론 믿는 뒷배가 있습니다. 자신의 오늘을 기쁘게 즐겁게 사는 사람에게 미래도 조금 더 호의적이지 않을까 하는 믿음 말입니다. 그것은 어쩌면 믿음이 아닐지도 모릅니다. 왜냐면 미래는 저절로 오는 것이 아니라, 내가 만들어가는 것이기에, 그것은 오늘을 잘 산 우리가 받을 마땅한 선물인지도 모릅니다. 내가 나에게 주는 선물.

# 모자
# 쓸
# 용기

모자를 즐겨 씁니다. 나름 어울리는 모자 스타일이 있다고도 생각하고, '패션의 완성은 모자'라고 우기기도 합니다. 모자만 눌러쓰면 머리 스타일에 대해 고민하지 않아도 돼서 편하기도 합니다.

그런데 말입니다. 모자를 쓰는 데 용기까지 필요할까요? 야구, 등산, 골프 모자 같은 것 말고 패션용 모자 말입니다. 적어도 몇 년 전까지 한국 사회에서는 어느 정도 그랬던 것 같습니다. 내가 독일 유학 시절 쓰던 모자들을 모셔놓기만 하고 오랫동안 쓰지 못했던 것을 보면 말입니다.

'자영'(자유로운 영혼)이라 불리기도 하는 나지만 일상에서 패션용 모자를 쓰긴 좀 그랬습니다. 무엇보다 만나는 거의 모든 사람으로부터 '인사'를 받아야 하는 상황이 불편했지요. 무슨 특별한 일 있냐, 어디 가냐 등등. 길을 오갈 때 사람들의 시선이 집중되는 것 같은 '착각'도 편치는 않았습니다.

개인적 취향(물론 100% 개인적인 취향은 없다고 사회학자로서 생각합니다.)이 타인의 시선에 좌우될 필요는 없다고 생각하는 사람이지만, 나도 그 시선으로부터 완전히 자유롭지 못했던 겁니다.

그런데 언젠가부터 모종의 변화가 감지되었습니다. 모자 매장도 많아지고, 판매되는 모자 종류도 다양해지고, 모자를 쓰는 사람들의 숫자도 점점 늘어났습니다. 패션 모자를 쓰는 것이 여전히 일상적이진 않지만, 예전과는 분위기가 바뀐 것 같긴 합니다.

이때를 틈타 다시 모자를 꺼내 쓰기 시작했습니다. 처음에는 살짝 어색했는데, 곧 익숙해졌습니다. 사람들의 시선도 이전과는 사뭇 달랐습니다. 전에는 일상에서 패션 모자를 쓰는 사람이 천 명 중 한 명이었다면, 이젠 백 명 중 한 명 정도 되었기 때문에 조금은 무심해졌지요.

처박아 두었던 모자를 다시 꺼내쓰기 시작했던 일은 내게 '사회적 시선'이 가지는 힘에 대해 다시 생각하게 했습니다.

흔히 한국 사회는 체면을 지키는 일이 대단히 중요한 사회라고 하지요. 다른 사람이 나를 어떻게 보는가 하는 것에 대해 민감하게 반응하는 사회라고들 합니다. 그러나 면面을 지키는 것은 사회적 동물인 인간에게 본래적으로 매우 중요한 일이기도 하고, 피터 버거라는 사회학자가 사회적 시선이라는 것이 가장 광범위한 의미에서 '제도'라고 볼 수 있다(규제적 힘을 가지기 때문이죠.) 말했던 것도 떠올려보면 이런 일이 한국 사회만의 문제라고 할 수는 없습니다. 시선에 예민한 문화에 부정적인 측면만 있다고도 볼 수 없다 생각합니다.

다만 어찌 보면 아주 사소한 작은 취향까지도 매번 주위 시선의 검열, 아니 정확히 말하면 '주위 시선을 내재화한 자기검열'을 거치는 것에 대해서는 우리 모두의 고민이 필요하지 않을까 합니다. 다양성 또한 일상에서부터 학습되는 것이 분명한데, 유행한다는 옷만 입고 유행한다는 신발만 사면서, 어떻게 하면 사람들 사이에서 튀지 않을까만 고민하면서, 개인적 취향이라는 것이 생길 리 있겠는지요. 다양성은 말로만 주장한다고 확보되는 것은 아닙니다.

소득 수준에 비해 우리나라의 중형차 비율이 유독 높고, 중형차 선호 1위 색깔이 여전히 검은색이라는 사실도, 다른 이유도 들 수 있겠지만, 사회적 분위기와 무관하지 않다고 생각합니다. 나도 차를 살 때, 나이나 직업을 생각해서, 준중형차 정도는 사야 하나 고민을 했었네요. 개인적으로는 운전을 잘하지도 좋아하지도 않고, 거의 혼자 타는 차라 작은 차면 충분하다 생각해서 결국 '나 위주'로 결정을 했습니다만….

시선, 전혀 무시할 수는 없겠죠. 눈치, 전혀 안 볼 수는 없겠죠. 그러나 '사소한' 일은 좀 하고 싶은 대로 하고 살아도 안 될까요? 타인을 위해 사는 것도 아니고, 타인이 나를 위해 살아줄 것도 아닌데 말입니다. 분홍색을 좋아하지만, 남자라서 분홍색 티셔츠를 입지 못하는 일은 없는, 그 정도 사회는 되었으면 좋겠는데요. 욕심인가요? 아! 어떤 남자분은 분홍색 옷을 입지 않는 것은 원래 분홍색을 좋아하지 않아서라고 하실지도 모르겠는데, 음, 확신할 수 있으신가요? '원래' 그렇다는 것 말입니다.

# 천개의샘

천개의샘, 내 호입니다. 호라는 것이 보통 두 자인 경우가 많기도 하고 무슨 사자성구도 아니고 네 자로 된 호가 살짝 낯설기도 하나 꿋꿋하게 쓰기로 했습니다.

이미 몇 개의 이름이 있습니다. 부모님이 지어주신 이름, 영세하며 받은 이름, 내가 지어본 영문 이름에 더해 사랑하는 이들이 붙여준 별명들도 있네요. 그 중엔 고장 난 수도꼭지, 호호아줌마처럼 내 모습의 단면이 담긴 것도 있고 더딤우김게김, 이런 삼종세트도 있습니다. '자영'(자유로운 영혼)이라는 별명도 붙어 다닙니다.

어쨌든 사람이나 공간에 이름을 붙여준다는 일은 정체성을 부여하는 가장 기본적인 작업이기에 허투루 할 일이 아니지요. 바람이 담기는 일입니다. 하여 옛사람이든 현재 사람이든 그들이 지은 호나 당호를 통해 속마음을 헤아려 보는 건 늘 기분 좋은 일입니다.

받았건 지었건 멋진 호를 가진 분을 보면 부럽기도 하고 내게도 그럴듯한 호 하나쯤 있으면 좋겠다 싶었지만, 지어주는 사람도 없고, 군이 이름집 가서 짓기도 그렇고, 셀프 작명할 능력은 없고 차일피일하고 있는데 문득 몇 해 전 졸업생 제자가 보내준 도시락보가 생각났습니다. 직접 놓은 꽃자수에 더해 '천개의샘'이라 쓰인 수가 놓여 있었지요.

천개의샘. 학생들이 가끔 불러주던 이름입니다. 오, 딱이지 뭡니까. 이 좋은 이름을 내가 왜 잊고 있었을까. 짐작하시겠지만 이 이름은 내 성과 직업에서 유래된 겁니다. 학생들은 종종 선생님을 쌤이라 줄여 부르는데, 처음부터 나는 쌤보다는 샘이라는 발음이 좋았습니다. 그래서 학생들에게 쌤이라 부르지 말고, 샘이라 부르라 부탁하기도 했지요.

샘, 이라고 소리 내어 말하면 마치 숲, 이라고 발음할 때처럼 기분이 좋아지는 경험을 합니다. 작지만 늘 새로움이 솟는 아늑한 공간이라는 느낌. 강이나 바다 정도는 못되지만, 고인 물은 아닌. 내 그릇에 그 정도면 충분하다 싶습니다. 샘이라 불릴 수 있는 직업을 가진 것은 내 직업을 꽤 괜찮은 일이라 생각하는 이유 중 하나가 되었습니다.

거기에 일천 천千 내 성 한자의 의미를 얹어 천개의샘이 된 것입니다. 멋집니다. 백개의샘은 좀 작다 싶고, 만개의샘은 좀 버겁다 싶은데…. 천개 정도가 딱입니다. 그래 그 정도면 좋겠다. 약간의 도전도 되고….

개인적으로 참 맘에 듭니다. 선생이라는 의미도 담기고, 샘물 같은 사람이었으면 좋겠다는 의미도 담기고. 살면서 이름처럼 샘을 천 개 정도는 파야지 않을까 하는 다짐도 하게 됩니다. (처음 이 말을 내게 해준 친구를 기억해내 저작권료를 지불해야 할 것 같습니다.)

학생들이 그 이름을 붙여준 이유 또한 내 성정과 무관하지 않습니다. 그들은 늘 묻곤 했습니다: 선생님은 아직도 뭐 그리 궁금한 게 많으세요? 그러게요. 어느 정도 타고난 건지 어느 정도 길러진 건지 알 수 없지만, 사람이건 책이건 공간이건 늘 새로움을 찾는, 거기에서 일상을 지키는 힘을 찾는 납니다. 이래저래 천개의샘, 딱입니다.

그렇습니다, 등잔 밑이 어두운 법. 멀리서 찾을 일이 아니고, 학생들이 전해주는 이 좋은 기운을 호로 쓰면 되겠네요. 천개의샘. 아직 입에 척척 붙지는 않지만 시간이 되는 대로 되새겨 봅니다. 조금 쑥스럽지만, 기회 닿는 대로 주변에도 알립니다: 내 호랍니다. 학생들이 지어준 이름이랍니다. 참 좋지 않나요?

# \<싱어게인 무명가수전\>:
# 이름이란

 경연 프로그램, 별로입니다. 어떤 식으로 포장을 했던지 간에 무한 경쟁을 통해 1등을 가려내는 과정을 '팔아먹는' 것이 별로입니다.

 그런데 \<싱어게인 무명가수전\>이라는 프로그램에는 눈길이 갔습니다. 상업방송이라는 한계가 있을 수밖에 없지만, 그럼에도 장점들이 돋보이는 프로그램이었습니다.

 우선 사람들에게 이름, 의 의미에 대해 다시 생각하는 계기를 준 점이 마음에 듭니다. 누구나 이름을 갖고 있지요. 첫 이름은 대부분 주어진 것이지만, 그것은 시간과 함께 본인의 정체성이 되어 갑니다. 이름이 뭡니까, 라는 질문은 당신은 누구입니까, 라는 질문에 대한 답처럼 여겨지기도 하고 이름이 없다거나 모른다는 것은 내가 누구인지를 모르는, 다른 사람들에게 어떻게 받아들여져야 할지 확정되지 못한 혼란스러운 상태로 받아들여지곤 합니다.

소설, 영화 등에서 자신의 이름을 찾으려는 처절한 노력이 묘사되곤 하는데, 그것은 보통 정체성에 대한 탐구의 은유이지요.

〈싱어게인〉은 참가자들의 이름을 의도적으로 감추고 번호라는 '무 의미한' 정체성을 부여하는, 어찌 보면 좀 위험한 도박(?)을 합니다. 자 칫 수많은 '무명'들을 폄하하는 것으로 여겨질 수도 있지 않았을까 싶습 니다. 그러나 이 도박은 어느 정도 성공한 것으로 보입니다. 번호라는 무심함이 역설적으로 사회적으로 용인된 이름 뒤에 가려져 있었던 '사 람 자체'를 보게 하는 힘으로 작동한 것 같습니다. 마치 취업 시 사용된 다는 블라인드 테스트 비슷한 효과라 할까요.

사람이 번호로 불린다, 이건 보통 부정적으로 받아들여집니다. 번호 로 불린다는 건 인격이 부여되지 않는 것처럼 보이죠. 학교에서 이름이 아닌 몇 번, 이렇게 불림을 당해 본 사람은 아마 공감하지 않으실까요? 감옥에서 죄수들을 번호로 부르는 것이 그 최악의 경우가 아닐까 싶습 니다. 이름이 사라진다는 것, 그것은 인간성을 내려놓는 은유로 말해지 곤 합니다.

그런데 이 프로그램 안에서 사람들은 희한한 경험을 합니다. 가수들 은 23호, 30호…라 불렸지만, 그것은 우리가 보통 생각하는 그런 부정 적인 뉘앙스를 담고 있지 않았습니다. 마치 그 사람이 어떤 이름을 갖 고 있건(=어떤 음악적 배경을 갖고 있건, 지금까지 어떤 노래를 불렀건, 출신 지역이나 나이나 성별이 어떠하건) 관계없이 지금 그 사람이 부르는 노래에 온전히 몰 입하고, 그 기준으로만 그들을 바라보게 됩니다.

그래서일 겁니다. 내 착각인지 모르겠습니다만, 출연 가수들도 본인이 번호로 불리는 것에 거부감이 없는 것으로 보였습니다. 본인이 한 장르의 출현으로 불린다, 사람들이 이 장르를 뭐라고 불러야 할지 헷갈려한다는 사회자의 질문에 '장르 30호'라고 답한 출연자의 마음은 어떤 것이었을까요? 그것이 세상에 '오염된' 어떤 기존의 이름도 아닌 '그저 자신이 부른 노래'라고 답하고 싶었던 것 아닐까요.

이쯤에서 '30호 참가자'의 이야기로 넘어가 보겠습니다. 이 프로그램이 돋보인 건 뭐니뭐니 해도 참가자들의 면면이지요. 그중에서도 30호 참가자는 처음부터 내 눈길도 사로잡았습니다.(이 사람이 1등을 해서 그의 이야기를 하고 있는 건 아니라는 변명입니다.) 음악에 대해 대단한 식견이 있어서가 아닙니다. 노래나 퍼포먼스도 흥미로웠지만, 내 마음을 더 끈 건 그의 말이었습니다.

첫 소개가 '나는 배 아픈 가수다'였던 것부터 특별했지요. 배가 아프다 했지만 다른 사람의 재능을 알아볼 수 있는 능력, 이를 통해 자신을 성찰할 수 있는 능력, 자신의 부족함을 드러내 표현할 수 있는 능력, 아무나 가진 건 아니니까요. 한 팀이었던 참가자와 다음 라운드에서 경연을 하게 되면서 우리 둘이 서로 잘하자고 말했다, 그래서 이런 대결을 시킨 심사위원들을 패배자로 만드는 게 목표라는 멋진 말을 남기기도 했지요.

사회학 전공자인 내게 무엇보다 매력적이었던 것은 그의 '자기 정의'였습니다. 본인을 애매한 사람이라 했고, 사람들이 자신에게 틀을 깨는 사람이라 하는데, 그것도 하나의 틀이라고 생각한다, 틀에 갇히고 싶지 않다, 나는 계속 내가 좋아하는 것들을 해나갈 뿐이라는 취지의 말을 했습니다.

내가 가르쳤을 수도 있을 나이의 친구이고, 내 큰 조카와 동년배인 친구인데…. 그를 보며 나는 이런 생각을 했습니다: 이런 멋진 친구가 있는 걸 보니 이 나라에서 내가 마음 놓고 노인이 되어도 되겠다. 너무 뻥튀기라고 생각하시나요? 아닙니다. 물론 이 친구만은 아니고 내 주변에도 제2, 제3의 30호들이 많이 있으니까요. 그들은 나와 우리의 희망입니다.


프로그램에서 가수들의 본명을 알아가는 과정도 인상적이었습니다. 누군가의 이름을 알게 되는 일은, 누군가에게 이름을 부여하는 일은… 누군가를 하나의 온전한 개인으로 만나게 되는 첫발이기 때문입니다. TV를 보며 이리 흔쾌한 마음이 드는 건 참 오랜만이었네요. 〈싱어게인〉 출연자 모두를 응원합니다! 우리 주변의 수많은 '무명無名', 아니 이미 '유명有名'이나 우리가 '무명' 취급해 온 이들을 향해 진정한 응원을 보냅니다.

# 마감형
# 인간

마감은 힘이 셉니다. 그나마 마감이 나를 움직이게 합니다. 방학하면 숙제부터 하고 놀았던 걸 보면 어릴 때는 좀 달랐던 것 같은데, 언젠가부터 마감이 코앞에 닥쳐서야 뭔가를 합니다. 때로는 마감을 넘기기도 하고. 그래서 미안하다, 죄송하다는 말을 입에 달고 삽니다. 스스로 문제라고 느끼기도 하고, 같이 일하는 분들에게 민폐를 끼치는 일도 종종 있으면서도 고치지 못하니, 그것으로 인한 스트레스도 적지 않습니다.

어떤 선배샘께서는 이런 내게 '고쳐라, 안 그러면 평생 그렇게 살게 된다'는 진심어린 '악담'을 하셨지만, 그 말을 듣고도 여직 고치지 못했습니다.

미루는 이유는 정말 다양합니다. 미루는 다양한 창의적 이유를 '발견'하기도 합니다. 유명한 드라마 〈도깨비〉 대사를 패러디해보면 날이 좋아서, 날이 좋지 않아서, 날이 적당해서 모든 날에 미룰 이유가 생깁니다.

그러던 어느 날 갑자기 일을 후루룩 처리하게 되거나 글줄이나 쓰게 되면, 소설가 김영하가 《여행의 이유》라는 책에서 이 글을 쓰기 위해 지금까지의 모든 여행이 필요했다고 말한 것처럼, '그래 지금까지 빈둥댄 모든 시간이 필요했어'라고 혼잣말을 해보기도 합니다.

다행히(?) 나만 그런 것은 아니어서 미루는 습관의 이유를 분석하는 다양한 분석이 있고, 치유법 관련한 얘기들도 많습니다. 예를 들어 실수나 실패에 대한 두려움 또는 완벽주의 때문이라는 분석에는 격하게 공감하며, 나 자신을 정당화하기도 하지요. 한때는 꽤 진지하게 변화의 노력도 했습니다. 마음만 먹다 매번 실패했습니다. 아침형 인간이 되려 애써 본 적도 있습니다. 물론 그때도 실패의 쓴맛만 봤습니다만….

의지박약을 탓하며 스스로를 미워할 지경에 이르렀습니다. 살기 위해서는 전략을 바꿀 수밖에 없었습니다. 예전에는 아무것도 하지 않으면서도 마감 때까지 계속 자신을 괴롭히며 불편하게 지냈는데, 이제는 마감이 다가올 때까지 가능한 한 편안하게 지내려 합니다. 예를 들어 한 장짜리 글을 써야 하면 얼마나 걸릴지 거꾸로 계산해서 그전까지는 평소대로 아무 생각 없이 지내는 거지요.

하물며 학기 말 학생들 성적 내는 일도 마감 코앞에서 합니다. 학생들과 소통이 많은 수업을 하는지라 학기말쯤 되면 학생들 머리 위에 학점이 둥둥 떠다닙니다. 성적 내기가 힘들거나 귀찮아서 미루는 것은 아니란 얘깁니다. 오히려 학생들이 한 명 한 명 '완전한 인격체'로 보이기에 생기는 불상사이기도 합니다. 인격체를 납작한 종이 인간으로 만드는 과정은 괴롭습니다. 학교에서 정한 학점 기준이 있는지라 설사 모든 학생이 B 정도 학점을 맞을 정도로 열심히 잘했더라도, 누군가에게는 C 이하의 학점을 줘야 하니 부담은 가중됩니다.

예전의 나는 학기 말만 되면 그 때문에 몸이 아플 정도로 스트레스를 받았습니다. 성적 내는 일만 하지 않을 수 있어도 선생 노릇 할 만하겠다며 노래를 부르고 다니면서 계속 마음만 불편하게 지냈지요. 차라리 아주 초반에 끝내 보려고도 해봤으나, 마감 기한이 남아 있으니 그도 맘대로 되지 않았습니다.

그러다 깨달았지요! 나를 믿지 말자. 나를 괴롭히지 말자. 내 의지력을 시험에 들게 하지 말자. 그래서 전략을 180도 바꿔 성적 마감일에 작업을 합니다. 마감이 있고 그 시간이 지나면 시스템이 닫히니 어떻게든 마무리를 합니다.

"삶이 진행되는 동안은 삶의 의미를 확정할 수 없기에 죽음이 반드시 필요하다"(이탈리아 영화감독 피에르 파올로 파졸리니)는 말처럼 '마감의 시간' 앞에서야 나는 학생들 개인이 가진 삶의 부피들을 다 빼내고, 그들을 '숫자로 환원된 종이 인간'으로 '확정'하는 데 성공합니다. 학생이 나를 납득시킬 '정당한 사유'를 들고 오지 못하는 한 또 하나의 학기가 이렇게 끝을 알립니다.

미루다 미루다 제때 마감을 치는 일이 늘 성공적인 것은 아니지만,

해보니 정신건강에는 확실히 좋은 것 같습니다. 미루는 인간들의 이런 저런 이유에 대한 책까지 나올 정도이니 나만 이런 것도 아니고 다들 나름 다양한 합리적 변명이 있을 테지만, 암튼 애써 노력해도 쉽게 고쳐지지 않는 습관을 자책하며 평생 자신을 괴롭히며 사는 것보다야 마음이라도 편하게 살아야지 않겠는지요.

대문호 톨스토이도 원고를 제때 주지 못할 경우 자신의 모든 원고에 대한 권리를 출판사에 양도한다는 계약까지 쓰고도 미루는 습관을 고치지 못해 죽을 때까지 애를 먹었다는데 어찌나 위로가 되던지요. 뭐 내가 톨스토이도 아니고, 당분간은 이 방법으로 버텨볼까 합니다.(대체로 꽤 게으른 사람인데, 여행지에서의 나는 그나마 부지런합니다. 그것도 아마 일종의 마감 시한이 분명하게 인식되기 때문일 듯합니다. 그래서 여행을 하는지도 모르겠다는 생각이 듭니다.)


아참, 아침형 인간 말인데요. 아침형/저녁형 인간은 어느 정도는 유전자적으로 설명 가능하다는 과학적(!) 연구 결과가 최근 발표되었습니다. 얼마나 감사한 결과인지요. 나는 그 사실에 한껏 고무되어 있답니다. 미루는 인간에 대한 '생물학적 근거'도 곧 나오지 않을까요? 하하.

그때까진 할 수 있는 일은 합시다! 할 수 없는 일은 하지 맙시다! 자신을 너무 미워하진 맙시다! 우리가 어떤 경우에도 해야 하는 단 하나의 일이 있다면 그것은 '자신을 망가뜨리지 않는 일'이라고 생각하기 때문입니다.

# 무엇이
# 사람을
# 바꿀까?

사도 바울의 회심 같은 극적인 것은 아니더라도 '변화'의 경험 있으시지요? 그 계기는 어떤 것이었는지요?

인터뷰 기사를 열심히 챙겨보는 편입니다. 자신의 길을 찾으며 만들어가는 사람들의 이야기를 듣고 보는 일은 늘 신납니다.

신문을 보던 중에 이런 이야기를 읽었습니다. 안정된 직장에 취직해서 '그저 그런' 직장생활을 하던 중 어느 회식 자리에서 본인처럼 그저 그런 생활을 하고 있으리라 생각했던 직장 선배가 항상 남보다 1시간 먼저 출근해서 자신만의 시간을 갖는 갖는다는 사실을 알게 되었다지요. 충격을 받고 바로 그다음 날부터 본인도 10년 동안 매일 자신을 위해 투자하는 1시간을 가졌고 성공적으로 창업을 하게 되었다는 분이었습니다.

이 이야기에서 나를 사로잡은 부분은 그분의 열심한 삶이 아니라,

삶을 바꾼 계기가 된 사건(?)이었습니다. 이미 그 전에 뭔가 알게 모르게 쌓인 것들이 있었겠지만, 결정적인 것은 회식 자리에서 들은 선배의 지나가는 한마디였다는 것.

무료하던 삶이 한순간에 딱 깨어지는 죽비 같은 느낌을 언제 어디서 만나게 될지, 누구에게서 내 삶을 뒤흔드는 배움을 만나게 될지 알 수 없다는 생각을 다시 하게 됩니다. 광고의 한 줄 문구일 수도, 늘 보던 풍경이 낯설게 느껴지는 어떤 날일 수도, 오다가다 들은 한마디의 말일 수도, 여행 중 스쳐 지난 누군가의 모습일 수도….

나를 바꾼 그리고 바꾸는 것은 사람이라는 생각을 자주 합니다. 그런데 그들은 자주 내가 '모르는' 사람들입니다. 일상에서 그리고 여행 중에 스쳐 지나간 인연들입니다. 스냅사진처럼 남아 있는 한 컷의 마음 풍경, 살며 그 모든 것이 다시 상기되는 순간이 옵니다.

독일 유학 중 〈슈피겔SPIEGEL〉이라는 잡지에서 우연히 만난 100세 할아버지는 내가 어떤 사람인지, 어떤 사람이고 싶은지를 거울(독일어로 '슈피겔'은 거울이란 뜻입니다.)처럼 선명하게 보여주는 분이었습니다. 무려 100세에 박사 학위를 받으셨지요. 참 놀랍지요? 당시 기사에 실렸던 사진은 지금 내 연구실에 액자로 딱 모셔져 있습니다. 기사 내용은 생각도 안 나지만, 100세에 박사 학위를 받으셨다는 그 사실 하나만으로도 이분이 어떤 삶을 사셨을지 소설 한 편을 쓰게 됩니다.

교수가 되려고 공부를 하셨을 리는 만무한 일. 순도 100%에 가까운 배움 자체의 열망이 있다면, 바로 이런 경우겠지요. '아직도 뭐 그리 궁금한 게 많냐'는 이야기를 자주 듣는 사람이지만, 이분의 이야기는 내게도 충격이었습니다. 내 자신에게 질문을 하게 만드는 경험이었습니다: 너는 공부 왜 해? 너에게 공부란 뭐야? 넌 이분과 같은 배움에 대한 순수한 열망을 단 한 번이라도 가진 적 있었니? 100세에 이분과 같은 호기심을 갖고 있을 것 같아?

뭐랄까, 기본적으로는 나와 비슷한 사람을 만난 것 같은 반가움, 그러나 훨씬 대단한 '진짜'를 만난 것 같은 놀라움에 부러움과 존경이 뒤섞이는 기분이었달까요. 박사 과정에 다니던 그때도 대단한 분이라 생각했었지만, 세월이 갈수록 이분 참 대단한 분이란 생각이 더 강하게 듭니다.

유학 시절 대학교 강의실 맨 앞을 차지하고 계시던 노인들, 스페인 어느 지하철, 두꺼운 역사책을 몰두해서 보시던 할머니, 재직하고 있는 대학에서 만나는 중년의 '다시 공부하는 사람들', 모두 내겐 '죽비'입니다.


요즘도 100세에 박사 학위 따신 할아버지하고 가끔 '대화'를 합니다: 뭐가 그리 궁금하셨나요? 아무리 건강하셨다 해도, 그 나이에 박사 과정 공부를 한다는 것이 쉽지 않았을 텐데. 그 모든 것을 넘어서게 했던 동력은 어디서 왔나요?

한 가지는 분명합니다. 이분은 행복하셨을 겁니다. 본인이 원하는 일을 하고 계셨을 것이 분명하니까요. 그리고 나도 이분처럼 살고 싶습니다. 가장 바라기는 내가 이분처럼, 사는 동안 사람과 세상에 대한 호기심을 놓치지 않는 것입니다. 지금 여기서 길게 설명할 수는 없지만 '사회적 원형질'이라는 말을 자주 쓰는데, 나는 내 원형질 중 하나가 호기심이라고 생각합니다. 나라는 사람을 규정짓는 가장 중요한 요소 중 하나라고 생각하는 것이죠. 그러나 그 마음을 계속 견지한다는 것이 쉽지 않다는 것도 느끼고 있습니다.

내가 그분의 나이가 되었을 때도(그때까지 살아 있다면요.) 뭔가를 궁금해하는 사람이었으면 좋겠습니다. 그렇다면 그것은 아마 내가 잘 살아왔다는 증험일 것이기 때문입니다.

이분을 통해 나를 보고, 어떻게 살아야 할지를 배웁니다. 인생의 '동반자'(어쩐지 멘토라는 말은 좀 별로라…)를 이렇게 만나기도 하는군요. 그리고 오늘이라는 인생의 여행길에 새로운 죽비를 만나는 즐거움이 기다리고 있을지도 모릅니다. 설레는 마음으로 오늘을 만날 준비를 합니다.

# 다시
# 공부하는
# 사람들

공부라는 게 대체 뭘까요? 누군가에겐 지겹게도 하기 싫었던 공부였을 거고 학교라면 뒤돌아보기조차 싫을 텐데, 그 공부를 자발적으로 계속하는 분들이 있습니다. 하지 않아도 되는 공부를, 도구적 기능성에 매이지 않는 공부를 하는 분들이 있습니다.

그런 분들을 보면 나 자신을 돌아보게 됩니다. 어쩌다 공부를 했고, 어쩌다 선생 노릇을 하며 평생 학교를 거의 떠나본 적 없이 살았지만 내게 공부란 무엇이었을까 자문하게 됩니다. 연탄재를 보며 당신은 한 번이라도 누군가에게 그렇게 뜨거운 적 있었느냐고 묻는 시인처럼. 한 번이라도 그분들처럼 공부에 애달아본 적 있는지 묻게 됩니다.

부끄럽게도 기억이 안 납니다. 학위 공부를 하던 시절, 잠시 그랬을 수도 있을 텐데 안타깝게도 기억이 가물합니다. 공부에 매진하는 분들을 보며 그분들을 동경하는 사람 역할 정도는 했고 지금도 하는 것 같습니다. 그런 사람도 필요하겠지요?

특히 어떤 기능적 보상에 대한 기대 없이 순수한 공부를 하는 그런 분들을 보면 저절로 존경의 마음이 생깁니다. 예를 들어 매주 토요일 서양 고전 읽기 독서 모임에 7~8년씩 참석하시는 분들. 학위 과정도 아니고, 크게 돈이 되는 자격증이 나오는 것도 아닌데 말입니다.

얼마나 큰 자가 동력이 있으면 그런 일을 하게 되는 걸까요? 공부 자체가 얼마나 큰 기쁨이면 몇 년씩 자신의 주말을 자진 반납할 수 있는 걸까요? 나는 학교 안에 있는 어학원에서 스페인어를 배우겠다 맘만 먹고 1달 겨우 다니다 말았는데 말입니다.

이런 질문을 처음 진하게 안겨준 분은 앞서도 언급이 되었지만 독일 유학 중 본 〈슈피겔〉이라는 잡지에 실렸던 할아버지입니다. 무려 100세에 박사 학위를 받은 분이었지요. 젊은 사람이라고 해도 박사 실업자가 없지 않은 마당에 뭔가가 되기 위해서 공부하셨을 리 만무한 그분. 아무리 건강이 좋으셨다 해도 어휴, 상상도 안 가는 일이었습니다.

그때도 참 대단한 분이라 생각해 사진을 찢어내 지금껏 액자에 고이 모시고 있지만, 세월이 가면 갈수록 우러러보게 됩니다. 한 번도 뵌 적 없는 그분에 대한 존경의 마음이 더 커져 갑니다.

학교에서도 다시 공부하는 분들을 많이 만납니다. 그분들을 뵈면 기분이 좋습니다. 나는 그렇게 못 살아도 그렇게 사는 분들을 보며 느끼는 흐뭇함이 있습니다. 대리만족이라 해도 좋겠네요.

그리고 '평생학습시대'라는 말도 많이 합니다만, 가장 건강하게 삶의 재미와 의미를 찾는 방법 중 적어도 하나가 '배움'이 아닌가 합니다. 허니 그분들 덕에 우리 사회가 조금 더 맑아지고, 조금 더 환해지고, 조금 더 건강해질 거라는 기대가 있습니다.

최근에 읽은 글에 '공부하는 사람은 자포자기하지 않는다'라고 써 있던데 나는 그런 맥락에서 공부하는 사람은 성장을 멈추지 않는 사람이고 변화를 두려워하지 않는 사람이라고 생각합니다. 그런 사람이 많은 사회가 어찌 건강하지 않겠는지요?

그리고 우선 다시 학생이 되길 자처한 그분들 덕에 내 삶이 이미(!) 더 맑고 환하고 건강해졌습니다. 고마운 일입니다. 그분들에 기대 나도 계속 읽고 쓰며, 공부하는 삶의 즐거움 한 조각을 공짜로 누릴 수 있어 참 고맙습니다. 나 또한 새로운 것에 대한 호기심을 놓치지 않는 '평생 공부하는 사람'이 되어야겠다, 그리 조용히 다짐해 봅니다.

## "괜찮을까요?"
## "안 괜찮습니다만…"

학생들이 종종 "괜찮을까요?"라고 묻습니다. 보통 지각이나 결석을 했다거나 할 예정이거나 과제를 늦게 냈다거나 못 냈다거나 하는 경우 사유를 이야기하며 하는 말입니다: "괜찮을까요?" 이럴 때마다 좀 당혹스럽습니다. 이 말의 의미는 뭘까요? 뭐가 어떻게 괜찮아야 한다는 걸까요?

지각, 결석은 학교에서 정해진 '공적 사유' 이외에는 고려하지 않는다, 정시에 제출되지 않은 과제는 내지 않은 것으로 간주한다, 는 원칙이 사전 공지된 상태. 그러니 지각이나 결석에 공적 사유가 있다면 괜찮을까요, 라는 질문을 할 리 없습니다. 그리고 수업 공지사항을 숙지했다면 공적 사유가 아닌 경우에도 이런 질문을 할 이유가 없는 것이지요? 늦게 낸 또는 내지 못한 과제도 마찬가지지요.

그런데도 학생들은 종종, 아니 자주 묻습니다: "괜찮을까요?" 이럴 때마다 없는 인내심을 발휘해 목소리 톤을 높이지 않고 차분차분 이야기하려 애쓰는 것은 '도 닦기'에 도움이 되긴 합니다만, 이해가 잘 되진 않습니다.

이쯤 들으면, 와 이 선생 엄청 까칠하구나, 피해가는 것이 능사다, 싶을지도 모르겠는데, 그러게 말입니다. 왜 그러지 않고 나를 괴롭히는 걸까요?

사실 '정서적'으로는 이해가 안 가는 건 아닙니다. 나도 사람인데요. (가끔 '솔직한' 학생들이 하는 말입니다. 선생님도 사람이구나 싶다고요. 하하.) 그럼에도 이 말에 유독 민감한 것은 말의 '성격' 때문입니다.

앞의 경우에 실수건 잘못이건 어쩔 수 없는 상황이건 문제상황을 만든 책임은 그 학생한테 있는 것 아닌가요? 그러니 이리 말해야 하는 것 아닐까요? 예를 들어 "어쩔 수 없는 상황으로 결석하게 되어 죄송합니다. 져야 할 책임은 지겠습니다. 그래도 죄송하다는 말씀 별도로 드리고 싶었습니다. 다음 시간부터 더 열심히 참여하겠습니다" 또는 "나름의 변명이야 있지만 과제 제출기한은 넘긴 것은 제 책임이니 유감은 없습니다. 그래도 제 글을 선생님이 한 번 읽어봐주셨으면 합니다".

이리 말하는 경우는 열에 한 명도 안 됩니다. 대부분은 혹시나 한번 찔러나 보자는 마음인 것 같기도 하고, 공지를 잘 안 읽거나 안 들어서 그런 것 같기도 하고….

아무튼 나는 '괜찮을까요'라는 말의 '책임 전가성'에 화가 납니다. 내 실수, 잘못, 책임이긴 한데, 당신이 어떻게 해 줄 수 있지 않냐는. 부족한 나의 모습을 거울로 보는 것 같아 더 화가 나는 것 같습니다. 그래요. 나도 자주 그럽니다. 결과가 좋지 않은 책임은 나한테 있는데, 그래도 혹시나 좋은 결과를 기다립니다. 어찌 안 될까 하는 마음도 있지요.

그럴 때마다 속이 상합니다. 내가 생각하기에 어른이란 스스로 결정하고 책임을 지는 사람이라서, 이 나이에도 아직 어른이라 말하기에 부끄러운 상태인 것이 매우 화가 납니다.

그나마 화가 난다는 것이 다행이다 싶기도 합니다. 알긴 안다는 것이니까요. 그나마 그걸 알게 된 것은 유학 시절 배움 덕분입니다. 그 시절 내가 배운 단 한 가지 배움이 있다면, 그것은 독일의 선진 학문이나 문물이 아니라 내가 모든 것을 결정하고 그에 대한 책임을 질 수밖에 없는 거구나, 라는 겁니다.

밥 한번 지어보지 않았던 내가 남의 나라에 어느 날 갑자기 뚝 떨어지니, 그때부터 모든 것을 내가 결정하고 책임져야 했습니다. 누구한테 물어볼 사람도 없고, 물어본들 그 결과에 대한 책임은 오롯이 내게 있다는 사실이 분명해졌습니다.

어학원을 어디 다닐지, 자전거를 살지 말지, 하다 못해 슈퍼에서 당근을 살지 호박을 살지, 한 개를 살지 두 개를 살지 결정해야 했습니다. 독일에 도착했던 해 10월 성당 할머니 말을 믿고 처음으로 이사 들어갔던 집에서 쫓기듯 나와 12월 31일에 이사를 해야 했습니다. 독일어로 문장을 써서 더듬더듬 읽으며 동네 소식지를 보고 전화를 수십 통 돌린 끝에 변두리 다락방을 얻었습니다. 할머니 말만 믿고 계약서도 쓰지 않았던 책임을 톡톡히 진 겁니다.

천애고아, 는 아니었지만 온 세상에 나 혼자인 것 같은 기분이 이런 것이구나 절절히 느껴야 했습니다.

독일 방송에서 로또 소식을 전할 때 관용적으로 따라 나오는 문구가 있습니다: 'ohne gewaehr'. 방송에 나온 로또 숫자의 정확성을 보장하지 않는다는 의미입니다. 매번 꼭 따라붙는 그 말을 들을 때마다 나는 그 누구도 내 인생을 '보장'해주지 않는다는 사실을, 내 인생에 대한 책임은 전적으로 내게 있다는 사실을 상기합니다. 그저 관용어구에 불과한 데도 그 말은 매번 내게 정신 차리라는 죽비처럼 들립니다.

아직도 여전히 그 '경지'에는 이르지 못했으나 노력은 계속하려 합니다. 사소한 일에서건 거창한 일에서건 내 인생의 책임이 나한테 있다는 것을 잊지 않기로. 내 인생의 결정권을 타인에게 양도할 생각이 없으니, 책임도 당연히 내 몫이지 말입니다.

다음 학기부터는 "괜찮을까요?"라는 말을 안 들을 수 있을까요?

# 미래를
# 보다

　물론 여전히 사각지대가 존재하고 갈 길이 멀지만, 주 52시간 근무
가 법적 의무화되었고, 전반적으로 근로시간이 줄어드는 방향으로 사
회가 이동하고 있다는 것은 다들 아실 겁니다. 주5일 근무가 일반화된
지 오래고, 휴가 기간도 점점 늘어나고, 휴가의 종류도 다양해지고 있
습니다.

　이는 사회구조적인 차원의 전체적인 변화 방향과 깊은 관련이 있지
요. 그런데 개인들이 운영하는 작은 공간을 주로 찾아다니는 나는 이런
변화를 일상적인 수준에서 실감합니다. 1주일에 2일 정도 쉬는 집은 흔
하고, 3일 문을 여는 빵집, 4일 문을 여는 카페, 점심에만 운영하는 가
게, 예약으로만 운영하는 작은 식당도 있습니다. 임대로 가게를 운영하
고 있음에도 1년에 1~2달은 쉬기로 스스로와 약속한 멋진 냉면집도 있
습니다.

서울에서 바쁘게 일하다가 방전된 몸으로 고향에 와서 작은 서점에서 일하는 젊은이를 잠시 만난 적이 있는데 그 이는 심지어 1주일에 이틀 일한다고 했지요. 그러면서 정말 좋다고 하더군요. 당연히 버는 돈은 많지 않으나 하고 싶은 일 하면서 시간 여유 많아서 좋고, 작은 도시에서는 생활비도 훨씬 덜 들어 크게 불편한 것 없다면서, 지금이 예전보다 훨씬 좋다고요. 내가 보기에도 좋아 보였습니다.

이분들은 돈이 많은 걸까요? 아니면 돈이 필요 없는 걸까요? 아니면 장사가 안되서 그러는 걸까요? 적어도 내가 위에서 말한 곳이나 사람들은 그런 것 같지는 않습니다.

그리 사는 이유에 대해 구체적으로 묻지 않았지만, 내가 엿본 그분들의 삶의 태도로는 '우선적 선택'의 문제가 아니었을까 생각합니다. 왜 사는가? 무엇을 위해 살 것인가? 어떻게 살 것인가? 그런 질문 앞에 적어도 보다 짧은 시간 안에 보다 많은 돈을 버는 것을 목표로 살지는 않겠다는 대답을 하신 것 아닌가 합니다.

그분들도 보다 많은 돈 버는 것, 당연히 싫어하진 않으실 듯요. 하지만 보다 많은 돈을 벌기 위해서는 포기해야 하는 무언가가 있는 것이고, 그것을 포기하지 않기 위한 '우선적 선택'을 하신 것으로 나는 이해합니다.

개인 소비자로서는 이용에 약간의 불편함이 있는 것이 사실입니다. 하지만 나는 그분들의 삶의 태도를 응원하는 마음으로 나의 작은 불편을 기꺼이 감수하려고 합니다. 그 어떤 것도 포기하지 않으면서 모든 것을 거머쥘 수 있는 선택이 있는지 나는 알지 못하며, 그분들의 선택이 '아름답다' 느껴지기 때문입니다. 인생에서 '뭣이 더 중한지' '본능적'(?)으로 알고 있는 사람들 같달까요?

내가 보기에 그분들은, 좀 거창한 표현 같지만, '미래를 당겨 사는 사람들'입니다. 우리가 가야 할 미래를 미리 보여주는 것 같습니다. 지금까지 우리의 삶이 내일을 위해 오늘을 담보로 잡히는 삶이었다면, 미래에 무엇이 되기 위해 오늘의 희생을 아끼지 않아야 한다고 말해지는 삶이었다면, 앞으로의 우리 삶은 오늘 지금 여기를 포기하지 않는 삶으로 가고 있다고, 가야 한다고 생각하기 때문입니다.

그러니 그분들의 선택은 내일을 포기해서가 아니라 오늘을 포기하지 않기 위한 선택입니다.

상대적으로 멀쩡한 직장 다니는 제자들은 피곤에 '쩔어' 지내는 경우가 많습니다. 남의 돈 벌기가 쉽겠냐며, 위로 아닌 위로를 하곤 하지만, 마음이 편치만은 않습니다. 일 자체가 정말 보람되고 즐겁게 느껴지면서 바쁘다면 좋겠지만, 그렇지 않은 경우가 적잖은 것 같아서요.

얼마 전 한 졸업생의 권유로 〈찬실이는 복도 많지〉라는 영화를 봤습니다. 당시 여차저차한 이유때문에 생전 처음 폰으로 영화를 봤네요. 화면이 작아 집중도 안 되고 해서 딴일 하며 대충 봤지만, 기억에 남는 장면과 대사들이 있었습니다. 그 친구가 왜 내게 그 영화를 보라 했는지 짐작되는 부분도 있었습니다. 그 친구는 찬실이라는 주인공과 주인공이 좋아하는 홍콩 배우 장국영의 유령(?), 환영(?)의 관계에 더 주목하는 듯했는데, 내게 가장 흥미로웠던 캐릭터는 윤여정 배우가 연기하는 할머니였습니다.

영화에 나오는 할머니는 할머니의 꿈이 뭐냐는 질문에 '나는 그저 오늘 해야 할 일을 해'라는 대답을 합니다. 정체성과 꿈에 대해 이야기하는 내용의 영화인데, 내게는 그 할머니의 대사가 가장, 제일, '미래'로 읽혔습니다.

내일 내가 뭘 하고 싶을지는 모를 수도 있지만, 오늘 내가 뭘 하고 싶은지는 알고 있지 않을까요? 오늘 할 수 있는 일을 하고, 오늘 하고 싶은 일을 하는 사이, 그렇게 오늘을 포기하지 않는 사이에… 어느새 살그머니 미래는 오지 않을까요?

지역, 나이, 장애, 인종, 종교, 출신 학교, 성적 정체성 등을 이유로 자신을 온전히 드러내기 어려운 사람들이 여전히 아직도 많습니다. '좋은 사회'의 조건이 무엇인지 묻는 당신에게 하나의 조건은 분명히 말할 수 있겠습니다. 보다 많은 사람이 거리낌 없이, 두려움 없이 '온전한 개인'으로 자신을 호명할 수 있고, 그렇게 받아들여질 수 있는 사회. 그런 사람들이 많아질수록 더 좋은 사회가 아닐까, 그렇게 생각합니다.

# III

## '온전한 개인'으로 사는 일의
## 어려움에 대하여

# '아무개 교수입니다'와 '교수 아무개입니다'의 차이

가끔 '높은 분들' 만날 일이 생깁니다. 여행지에서도요. 현지에 사는 분들도 오가는 분들도 계시지요. 면장님, 번영회장님, 은퇴한 교수님…. 물론 일상에서 '사'자, '장'자 붙은 분들 만날 일들도 심심치 않게 있습니다. 누군가를 처음 만났을 때 내가 유독 예민하게 구는 부분 중 하나가 그 사람이 자기소개를 어떻게 하느냐 하는 겁니다.

정확히 말하면 소개를 할 때 직명을 이름 앞에 붙이는지 뒤에 붙이는지에 민감합니다. 교수인 경우 열 명 중 절반 정도는 "아무개 교수입니다"라고 하는 것 같습니다. 나는요? 보통 "경북대에 재직하고 있는 천선영이라고 합니다"라고 하지요. 재직한다는 표현을 써도, 특히 전화로 얘기할 때, 늦깎이 대학원생인가 직원인가 헷갈리는 분들도 있으니 필요할 때는 "교수 천선영입니다"라고 합니다.

직명이 앞에 붙던 뒤에 붙던 그게 무슨 큰 문제냐고요? 음, 국문학 전공자는 아니지만, 둘 사이에 우리가 생각해볼 만한 차이가 있다고 생각합니다. (사실 전공인 분께도 여쭤본 적 있는데, 명쾌한 대답을 듣진 못했습니다.)

사실 이 생각을 하게 된 계기는 직명을 뒤에 붙여 말할 때 그것이 때로 이상하고 거북하게 들렸기 때문입니다. 여기에는 직급이 영향을 미치는 것 같습니다. 예를 들어 '아무개 과장입니다'랑 '과장 아무개입니다', 이 정도까진 별문제가 없어 보이는데, 스스로 '아무개 총장입니다', '아무개 회장입니다'라고 하는 것은 좀 이상하게 들리지 않나요? 문재인 대통령이 본인을 소개하면서 '문재인 대통령입니다'라고 하는 것은 뭔가 아니지 않나요?

'썰'을 좀 풀어보겠습니다. 내 생각에 기본적으로 이름 앞에 직을 붙이는 것은 내가 지금 그 일을 하는 사람, 이라는 의미를 전달합니다. 교수직을 수행하고 있는 아무개인 것이죠. 그런데 직이 뒤로 가면, 내가 '그 사람'인 거죠. 그러니까 이름 뒤에 직을 붙이는 것은 기본적으로 본인이 아니라 다른 사람이 나를 불러줄 때 써야 하는 것 아닌가 합니다. 내가 현재 교수직을 수행하고 있는 것이지, '나 = 교수'는 아니니까요.

직을 이름 뒤에 놓으면 '그 사람 = 그 직'이 되는 것이라 정체성을 강하게 담게 되는 것 같습니다. 그래서 아닐까요? 높은 직급이라고 생각되는 경우일수록 그런 자기소개가 듣기 민망한 것은…. 물론 별생각 없이 그렇게 자기소개를 하는 분들이 꽤 있으시리라 생각하지만, 그런 사람일수록, 직을 자기 자신과 동일시하는 사람일수록, 직을 내려놓게 되었을 때, 명함이 사라졌을 때, 황망함을 더 깊고 크게 느끼게 되지 않을까 지레짐작해 보기도 합니다.

직이 나는 아니며, 내가 되어서도 안 된다고 생각합니다. 그리고 그렇게 되지 않도록 '의식적'으로 노력해야 한다고 생각합니다. 거저 되는 일 같지는 않아서요.

나는 나일 뿐이고, 내 이름 앞에 직 말고 다른 수식어들을 갖고 싶습니다. 내가 어떤 사람인지, 어떻게 살고 싶은지를 담아내는 수식어들 말입니다: 예를 들어 세상 거의 모든 것이 궁금한 호기심천국 천선영입니다, 살면서 샘을 천 개 정도는 파고 싶은 천선영입니다, 나의 세계에서 중심을 잡고 '자발적 낙오자'로 살고 싶은 천선영입니다, 이런 거요.

'높으신' 분들을 많이 만나 살짝 피곤했던 날. 어떤 명함도 갖고 있지 않은 상태에서도 그것이 문제 되지 않는 그런 삶. 그것이 '잘 사는 삶'의 한 모습이 아닐까 생각하며 모든 것을 내려놓고 힘을 빼고 편하게 잠을 청하려 합니다. 뭐든지 배울 때 힘 빼는 게 가장 어렵다고 하더군요. 삶도 그렇지 않을까 하며….

# '개별자' 되기의
# 어려움:
# 어디 사람인데?

언젠가 한 강연회에서 들은 이야기입니다. 누구 못지않게 지역을 사랑하고 걱정하는 강연자는 대구에서 30년 세월을 살아왔는데, 소위 '대구 사람'들이 당신을 아직도 대구 사람으로 봐주지 않는다고 했습니다. 보통 때는 잘 드러나지 않지만, 무슨 문제라도 생길라치면, 그 사람 고향이 어딘데, 어디 사람인데, 하는 것이 관심사가 되고, 그분의 고향이 경남이라는 이유로 그럼 그렇지, 여기 사람이 아니구만, 그러니까 그런 소리를 하지, 라고 수군댄다고도요.

본래 정체성에 대한 질문은 거의 항상 '문제상황' 내지는 '위기상황'에서 불거지기 십상입니다. 그때 비로소 내가 누구인지, 우리가 누구인지를 분명히 해야 할 필요성이 증가하기 때문이겠지요. 그런데 이야길 들으면서 궁금한 것이 있었습니다: '어느 지역 사람'의 기준은 과연 뭘까요?

어떤 이의 말에 의하면 일단 그 지역에서 태어나야 하고 적어도 지역에서 (고등)학교를 다녔는지가 중요하다는데, 그 말이 맞다면, 강연자도 나도 아무리 애를 써도 대구 사람이 되기는 요원한 일입니다. 반대로 대구 경북에서 태어나 이곳에서 (고등)학교를 졸업했으나 외지에서 그보다 더 오랜 세월을 보낸 사람들은 그 기준에 의하면 — 본인들이 어떻게 생각하는지 여부와 무관하게 — 여전히 대구 사람일 터입니다. (강연회 이야기를 전해 들은 소위 대구 사람의 반응도 참 재미있었습니다. 이야기가 끝나기가 무섭게 '당연하죠' 하더군요. 지역의 독특한 정서가 있다면서….) '마을회'에 가입하려면 그 동네에서 30년 이상 살았어야 하고 본인 소유의 집이 거기 있어야 하는 곳이 있다는 얘길 제주에서 듣기도 했습니다.

같은 고향, 같은 (고등)학교 출신을 만났을 때 반가운 마음이 들고, 팔이 어느 정도 안으로 굽을 수 있다는 건 자연스럽고, 그것 자체가 잘못일 수는 없는 일입니다. 그러나 그것이 한 인간의 정체성을 결정짓는 유일하고 절대적인 기준이 되고 30년 세월을 함께 보낸 사람을 '외지인'으로 규정짓는 잣대가 된다면 그것은 문제가 아닐 수 없습니다.

이는 '세계화'된 시대에 — 어머니는 이탈리아 사람이고, 아버지는 중국 사람이고, 자신은 미국인인 그런 사람들도 많아지는 세상에 — 걸맞지 않은 일이기도 하거니와 지역 사람들 내에 존재하는 다양한 차이를 정치적으로 가리는 데 이용될 소지가 다분하기도 하고, 어떤 지역을 사랑하고 걱정하는 '외지인'들과 수많은 새로운 인연의 가능성에 문을 걸어 잠그는 '자폐'의 근원이 되지 않을까 저어됩니다. 그것이 정치적, 사회적, 문화적 정체停滯를 낳는 정체停滯된 정체성正體性의 한 근원이 되지 않을까 하는 걱정도 살짝 듭니다.

그렇게 닫힌 마음이 지역의 독특한 정서라면 '외지 사람'인 나는 특정 지역 사람이 되고 싶은 생각이 없습니다. 받아주지도 않겠지만, 받아줘도 싫습니다. 그런 폐쇄성 속에 함께 가둬달라 애걸하는 대신에 조금 외롭고 쓸쓸해도, 자유로운 외지인으로 꿋꿋하게 살아남는 길을 택하겠습니다.

그리고 그런 우월의식과 열등의식이 불행하게 짬뽕된 자폐성이 지역을 더 어렵게 만들 가능성에 대해 조금은 '불길한 예언'을 해야겠습니다. 그럼 혹시나 이 글을 읽고 있는 사람들은 이렇게 말하려나요: 어디 사람인데? "그러게 말입니다." 내 대답입니다.

덧댐

이런 '불행'한 상황이 특정 지역에서만 관찰되는 것도 아니고, 게다가 오늘도 다양한 방식으로 현재형이라는 사실에 마음이 무너져 내립니다: "이슬람사원 건립 결사반대, 사원 건립은 주민 생존권 침해다", "○○ 군민을 외국인 취급하지 말라" "살기 좋은 우리 동네에 요양병원이 웬말이냐" 혹시라도 이슬람교도가, 외국인들이, 아픈 노인들이 이 현수막들을 볼까 두려웠습니다. 나름의 이유와 걱정이 있겠고 주장하고 싶은 바가 있겠지만, 대한민국 땅을 벗어나는 순간 우리 또한 외국인이고, 지금 이 순간에도 조금씩 노인이 되고 가는 사실을 기억하면서도 저리 강하게 공개적으로 말할 수 있는 건지 되묻고 싶습니다. 자신과 자신이 속한 공동체를 지키려는 것뿐이라 말하며 조금 과격한, 그러나 '수사적' 표현일 뿐이라 주장하고 싶을지도 모르나 대상 집단에 속한 사람들은 존재 자체를 부정당하는 느낌을 받을 겁니다. 누군가의 존재 자체를 부정할 권리, 그럴 권리가 과연 우리에게 있는지요?

새로 붙은 반가운 현수막을 발견했습니다: '이주민과 이슬람을 존중하는 것이 컬러풀 대구입니다.'

# '온전한 개인'으로 사는 일의 어려움에 대하여:
# 어떤 정체성은 '약점'이다.
# 자넨 고향이 어딘가?

부정선거가 판을 치던 시절에도 ― 아버지가 좌익 성향으로 분류되어 있었다는 ― 우리 집에는 양말 한 컬레 온 적 없다지만(정보기관에서 아버지 회사를 찾아오곤 했다는 얘기도, 오랫동안 아버지 여권이 나오지 않았던 이유도 나중에 커서야 들었습니다.), 나는 박정희 정권 때 태어나 학교를 다닌 아이였습니다.

육영수 여사가 돌아가셨을 때 '국모'를 잃은 슬픔에 눈이 퉁퉁 붓도록 울었고, 박정희 대통령이 돌아가셨을 때 과연 박 대통령 말고, 김 대통령, 이 대통령… 이런 호칭이 가능할까 의심했고, 강릉 오죽헌 신사임당교육원 대강당의 어둠 속에 선명하게 비치던 태극기를 보며 뭔가 모를 뭉클함이 치밀어 올랐던 기억이 있는, 박정희 시대에 국민교육헌장을 달달 외우며 자란 '착한 학생'이었습니다.

학교–집을 왕복하며 고등학교를 마치고, 심지어 광주민주항쟁이 뭔지도 잘 모르는 채로, '아침이슬'이라는 노래도 모르는 채로 대학생이 되었습니다. 사회학과에 지원하게 된 것은 그 과가 '데모학과'라는 것과는 아무 상관없는, 사회과학의 기초학문이라는 지극히 '학문적'인 이유 때문이었습니다. 학교를 다니며 서서히 '의식화'되어 갔으나, 심정적 동조자 상태로 대학을 졸업한 나.

그때까지도 부모님의 고향은 내게 그저 정서적으로만 조금 가깝게 느껴지는 시골이었을 뿐입니다. 전라남도 해남. 사람들이 땅끝이라 부르는 아름다운 곳. 그곳이 부모님의 고향입니다. 부모님이 젊어서 떠나온 땅이었기에 해남은 어린 시절의 나에게 그저 부모님의 고향 지명에 지나지 않았습니다. 목포에서도 비포장도로로 한참을 덜컹거리며 들어가야 했던 기억이 있는, 아주 먼 시골 정도의 느낌.


부모님의 고향이 전남 해남인 것을 새삼스레 다시 떠올리게 된 것은 대학원을 다니던 때였습니다. 전두환 씨에 이어 노태우 씨가 대통령이 되었던, 군사정권 암흑기의 어느 날 나는 우연히 '알게' 되었습니다. 학계 주요 인사의 경상도 출신 비율이 우리나라 인구비례하고는 맞지 않는다는 것을. 교수님들과 대학원생들 다수가 경상도 출신이거나 부모님 고향이 경상도이거나 경상도에 본적을 두고 있다는 것을. 그리고 그것은 각 지역 사람들의 개인적 자질이나 능력, 기질적 특성만으로는 설명될 수 없다는 것을. 게으른 탓에 지금까지 그 사실을 통계적으로 확인하지는 못했으나 사회학과 대학원생으로서 그 정도는 어렵지 않게 짐작할 수 있었습니다. 굳이 통계적 확인을 할 필요도 느끼지 못할 정도로.

당시 가끔 교수님들이 물으셨습니다: "자넨 고향이 어딘가?" 살짝 고민했던 것 같기도 합니다. 뭐라고 답을 해야 하나…. 사실 고민할 필요도 없었습니다, "서울입니다" 하면 될 일이었죠. 그러나 당시 내가 선택했던 대답은 그게 아니었습니다: "부모님 고향은 해남이시고, 저는 서울에서 나서 자랐습니다." 나는 당연히(!) 서울 말씨를 쓰고 있었고, 부모님 고향을 물은 것도 아니었으니, 저리 대답할 하등의 이유가 없었습니다. 그런데 나는 그리 대답했어야만 했습니다! 대체 왜 나는 그런 대답을 했으며, 또는 해야만 했으며 심지어 앵무새처럼 계속해서 그 답을 반복 재생산했던 것일까요? (고향이 어디냐는 질문에 나는 지금도 똑같이 답을 합니다.)

나름의 '소심한 저항'이었다면 답이 되려나요? 당시 그 문제에 대한 생각을 깊이 하고 정리를 한 상태는 아니었으나, '전라도 출신'이라는 것이 적어도 플러스 요인은 아니라는 것을 본능적으로 느꼈던 것 같습니다. 바로 그래서, 그리 대답했던 것이지요!

"제 고향은 서울입니다"라고 대답하는 것은 부모님을 욕보이는 일이라 과장되게 생각했던 것 같습니다. 증명된 사실은 아니었으나 이미 내 머릿속에서 '구성된 사실'이 있었으므로, 내 고향을 서울이라고 말한다는 것은 거짓은 아니되 의도적으로 부모님 고향을 말하지 않는, 감추는 (?) 행위가 되었기 때문이었습니다.

다른 사람들은 몰라도, 나는 그걸 알고 있었고, 그래서 나는 부모님 고향을 말해야 했습니다. 아무도 직접적으로 묻지 않았으나… 그것이 어떤 의미에서든 차별의 원인이 된다 해도, 차별까지는 아니더라도 적어도 플러스 요인은 되지 않는다 해도, 말하지 않을 수는 없었습니다. 최소한의 자존감이었다고 해야 할까. 특정한 고장 출신이라는 것을 말하는 행위가 가지고 있었던 그 '묘한 느낌'에 나는 동의할 수 없었고, 부당하다고 생각했으며, 입을 다물고 있을 수는 없었습니다.

세월이 많이 흘렀지만, 지역, 나이, 장애, 인종, 종교, 출신 학교, 성적 정체성 등을 이유로 자신을 온전히 드러내기 어려운 사람들이 여전히 아직도 많습니다. '좋은 사회'의 조건이 무엇인지 묻는 당신에게 하나의 조건은 분명히 말할 수 있겠습니다. 보다 많은 사람이 거리낌 없이, 두려움 없이 '온전한 개인'으로 자신을 호명할 수 있고, 그렇게 받아들여질 수 있는 사회. 그런 사람들이 많아질수록 더 좋은 사회가 아닐까, 그렇게 생각합니다.

# "경상도 사람들은
# 교육을 어떻게 시키길래…"

 

가족 모임이 있던 어느 날, 언니가 흥분해서 들어섰습니다. 분을 쉽게 삭이지 못하던 언니가 폭포수처럼 쏟아놓은 이야기는 이랬습니다. 조카 녀석 친구 엄마로 친하게 지내던 분이 있었는데, 그분은 경상도 출신이었고 경상도 말씨를 쓰는 분이었습니다. 그런데 그분이 전라도 말씨를 쓰는 전라도 분과 다툼이 있었답니다. 뭐 있을 수 있는 일인데, 그 이야기를 언니에게 하면서, 경상도 분이 "그 사람이 이러저러한 것은 전라도 출신이기 때문이다"라는 말을 한 것 때문에 사달이 난 것입니다.

서울말을 쓰는 언니 부모의 고향이 전라도인 것은 까맣게 몰랐던 그분. 전라도 분의 특정한 성격과 행동의 이유를 출신 고향에서 찾아내 나름의 분석을 하신 모양입니다. 그 이야기를 들으며 나름 한 성격하는 언니의 속이 부글부글 끓었으나 아이들 관계도 있고 해서 대꾸를 못 하고 왔다는 겁니다. 그래서 집에 들어서자마자 애꿎은 우리를 대상으로 열변을 토했던 것이죠. 언니도 그 전라도 분 태도에 어느 정도 문제가 있는 것 같더라고 했습니다. 언니를 화나게 한 건, 그 문제를 출신 지역의 문제로 환원시키는 경상도 분의 말이었습니다.

사실 언니에겐 전사前史도 있었습니다. 경상도 출신의 남자와 결혼한 언니. 시어머니를 모시고 살며 첫 아이를 낳은 지 얼마 되지 않았을 즈음이었는데, 뉴스에 전라도 지역에 홍수가 나서 사상자가 많이 났다는 이야기가 나오고 있었더랍니다. 그 뉴스를 들으신 시어머니께서 혼잣말로 "저 사람들은 죽어도 싸다"(전해 들은 말이니 감안해서 들으시길. 설사 진짜 저리 말하셨다 해도 설마 언니 들으라고 하신 말도 아니었을 테고, 무심코 나온 말이라 생각합니다. 그게 더 무섭긴 합니다만….)라는 믿기 어려운 요지의 말을 하셨다지요. 아무튼 그때 언니가 애를 안고 짐 싸들고 집으로 왔던 기억이 있습니다. 형부가 싹싹 빌어서 며칠 만에 돌아가긴 했지만, 앙금은 오래 갔습니다. 언니는 사람이 죽었다는데 어찌 저런 말을 할 수 있냐며 도저히 이해할 수 없다 했습니다.

지금 정작 얘기하고 싶은 건 언니의 태도입니다. 머리끝까지 화가 난 언니는 "아니, 경상도 사람들은 자녀 교육을 어떻게 시키고, 어떤 생각들을 하고 살길래 저런 말들을 아무렇지도 않게 하나. 전라도 출신인 우리 부모는 우리를 저렇게 교육시키지 않았고, 전라도 사람 중에 저렇게 말하는 사람은 보지 못했다"고 소리를 높이며, 거의 울 지경이 되었습니다.

그런데 그 말을 듣고 있던 내가 참지 못하고 결국 한마디를 해서 언니의 화를 돋우고야 말았습니다. "언니도 그 사람들하고 똑같은 논리로 말하네!" 언니가 바로 한마디 했죠. "그래 너 박사다." 냉전! 화살이 내게로 날아왔습니다.

물론 압니다. 그런 때는 언니에게 정서적 공감을 해주는 것이 먼저였을 것입니다. 당시 분에 차 있던 언니를 그런 식으로 긁을 필요까진 없었다고 반성합니다.

그러나 말을 참지 못한(않은?) 나름의 이유가 있긴 합니다. 소위 좀 '배운 사람'으로서의 의무감 같은 것이 있기도 했습니다. '우리'가 받은 그대로, '우리'가 돌려주고 있지는 않은지. 그리하고 있다는 것에 대한 생각조차 하지 못하면서 말입니다. 그 '생각 자체가 없음'에 대해 고민이 깊었기에, 그것이 큰 문제라고 늘 생각하고 있었기에, 기어이 토를 달고야 말았던 겁니다.

범주라는 것이 사유에 있어 굉장히 중요한 역할을 하고 있고, 범주적 사유 없이 사유라는 것이 가능한가, 라는 생각도 하게 됩니다. 그래서 더 조심스럽게 써야 하는 '칼'이 아닌가 싶습니다. 우리가 범주적 사유를 어떤 개인과 집단의 '부정적 특성'을 정당화하는 데 특히 자주 주저함 없이 사용하고 있진 않은가 하는 깊은 우려를 갖고 있기 때문입니다.


발생 초기에 대구를 강타한 코로나19. 대구에는 이런 현수막이 걸려 있었습니다: "중국 코로나지 왜 대구 코로나냐". 이해가 안 가는 것도 아닙니다. 바이러스의 발원지로 지목된 곳과 바이러스가 우연히 조금 더 먼저 번진 곳과는 다르다고 생각되었겠지요. 대구 지역에 산다는 이유로 갑자기 배제당하는 느낌이 황당했겠지요. 그러나 그렇다고 저런 현수막을 거는 건 우리 또한 언제든지 누군가를 '집단적으로 배제'시킬 준비가 되어 있다는 것을 광고하는 것에 다름 없지 않을까요. '당해 본 우리'는 조금은 더 '나은' 사람이 되어야지 않을까요.

# "며느리는 며느리지, 뭐!"
## _ '건강한 거리'를
## 위하여


독일에서 공부하고 있던 동안, 다 큰 자식이지만 늘 걱정스러워하셨던 어머니는 자주 전화를 걸어 '생사 확인'을 하곤 하셨습니다. 우리의 대화는 보통 "거기 몇 시니"로 시작해 가족들 이야기를 거쳐 "밥 잘 먹고, 아프면 바로 병원에 가고…"로 끝나곤 했습니다. 전화 연결이 잘되지 않아 며칠 동안 답답하셨던 어느 날은 어디 멀리 갈 때는 집 책상 메모지에 언제부터 언제까지 어디 간다, 고 남기라고 당부하셔서 빵 터졌습니다. 먼 타국에서 혼자 사는 자식에게 무슨 일이라도 생길까 늘 노심초사하셨지요.

문제의 그날 통화에서도 어머니와의 대화는 정해진 길을 차근차근 밟아가고 있었는데, 남동생이 결혼한 지 얼마 되지 않았던 때라 그저 지나가는 말로 무심하게 올케가 잘하느냐고 물었습니다. 그랬더니 어머니는 "그럼, 잘하고 말고. 얘가 워낙 착하잖니" 하셨습니다. 그런데 올케에 대한 이런저런 말끝에 "그래도 며느리는 며느리지, 뭐"라고 뼈있는(?) 말 한마디를 덧붙이십니다. 당시 나는 그 말을 받아 "그럼, 며느리가 며느리지, 딸이야?"라고 심드렁하게 대꾸했던 것으로 기억합니다.

그날 어머니와의 대화는 꽤 긴 여운을 남겼습니다. 가족에 대해 생각하게 될 때도, 관련 강의를 하게 될 때도, 가족 관련 영화를 보게 될 때도 늘 그 대화가 생각났습니다.

그렇습니다, 딸은 딸이고 며느리는 며느리입니다. 그런데 우리는 자주 며느리에게서 딸의 모습을 찾는 것은 아닌가요. 유구한 역사를 자랑하는 고부간의 갈등, 그 중요한 뿌리는 며느리가 딸 같기를 바라는, 시어머니가 내 어머니와 같기를 바라는 '부당한 기대'에 있는 것은 아닐까 하는 생각이 들었습니다.

대중매체에서는 심심치 않게 딸 같은 며느리, 친정어머니 같은 시어머니에 대한 자랑을 하는 연예인이나 유명 인사들의 이야기가 흘러나와 그렇지 않아도 불편한 우리의 심사를 자극하곤 합니다: "우리 며느리는 얼마나 이쁘고 착한지, 우리는 서로 모녀지간같이 지내요", "저희 어머니는 정말 친정어머니 같으세요. 아니 오히려 친정어머니보다 편해요."

물론 있을 수도 있는 일입니다. 그리고 사실이 그러하다면 그분들에게 좋은 일입니다. 그러나 그것이 우리의 일상적 기준이 될 수는 없습니다. 더구나 이를 근거로 딸 같지 않은 며느리에 대해 서운해하거나 시어머니를 친어머니처럼 대하지 못하는 것에 대해 죄책감을 가질 필요는 없을 것입니다. 그런 경우는 어디까지나 '예외'에 속하는 일이기 때문입니다.

예를 들어 (며느리의 입장에서 보자면) 본인을 낳고 수십 년을 길러준 부모님과 어느 날 갑자기 법적 관계로 묶어진 시부모님이 '동일한 거리'로 다가온다면 오히려 그것이 이상한 것 아닌가요? 우리가 시어머니를 '시'자 붙여 부르는 것은 그 여인이 나의 어머니가 아니기 때문이며, 며느리를 딸이라 부르지 않는 것도 며느리가 내 딸이 아닌 당연한 까닭입니다. 우리네처럼 친인척 호칭 분류체계가 세분화되어있지 않은 서구에서도 이모, 고모 구분은 없어도 딸과 며느리, 어머니와 시어머니는 확실하게 구분되어 있습니다.


가족관계는 꼭 가까울수록 좋은 것일까요? 서로 모녀지간같이 지내는 고부간은 부러움의 대상은 될지언정, 고부관계의 '전형'이 될 수는 없으며, 그렇게 되는 것이 바람직하지도 않은 것으로 보입니다. 지나치게 부풀어진 기대는 범인凡人들이 감당하기에는 너무 버겁기 때문이기도 하거니와 장기적으로 보아 그런 관계가 건강하지도 않기 때문입니다.

모든 사회적 관계에는 '적절한 거리' 확보가 필요하며, 이는 가족관계에서도 마찬가지입니다. 그러나 우리의 끈적끈적한 가족 이데올로기는 자주 이 '건강한 거리두기'를 어렵게 합니다. 그런데 이 가까움에 대한 무조건적인 긍정적 평가야말로 서로에 대한 '부당한 기대'를 낳으며, 서로의 정신적 이유離乳와 개체적 성장을 방해하는 중요한 요인이 아닐까 합니다.

딸 같은 며느리, 친정어머니 같은 시어머니는 일반적인 것도 정상적인 상황도 아닙니다. 때문에 그렇지 않은 상황에 대해 우리가 불만이나 자괴감을 가져야 할 이유는 없습니다. 오히려 우리는 며느리를 며느리로, 시어머니를 시어머니로 '정당하게' 다시 자리매김할 필요가 있습니다.

이때 서로에 대한 부당한 기대의 가능성이 구조적으로 감소하며, 결과적으로 보다 건강한 관계의 형성이 가능하리라 생각합니다.

며느리는 며느리지, 딸이 아닙니다. 시어머니는 시어머니지, 내 어머니가 아닙니다.

# 서로를 가능한 한 끝까지
# '개별자'로 인식하는 일,
# 지금 시작합시다

우연히 전라도 출신 부모에게 태어난 나는 우리나라의 정치적 지형 아래서 특정한 정치적 성향도 아닌, 지극히 우연하게 특정한 지역에서 태어났다는 것만으로도 덕을 보기도 하고 손해를 보기도 한다는 것을 알아가게 되면서, 그런 사고방식이 우리 일상에 아직도 건재하다는 것을 알아가게 되면서, 조금씩 조금씩 더 사회학도가 되어갔습니다.

세월이 흘러 경상도 중심 대학에 근무하고 있는 나. (우연히도 내가 공부한 독일 뮌센도 보수지역의 핵심이며, 위치는 독일의 동남쪽입니다.) 여전히 사람들은 묻습니다. 고향이 어디냐고. 나는 대답합니다. "부모님 고향은 해남이시고, 저는 서울에서 나서 자랐습니다." 또 사람들은 묻습니다. "대구/경상도 사람들 어떠냐고", "경북대 학생들 어떠냐고". 나는 대답합니다. "사람 사는 곳이죠, 뭐", "학생이죠, 뭐". 듣는 이들은 별생각 없이 무심코 들을 말이지만, 나름의 주관과 입장이 깔려 있는 대답들입니다.

군사정권시대는 아니라고 하더라도, 이곳은 경상도의 중심, 대구. 이곳에서 나는 오늘도 살짝 이방인입니다. 이 지역에서 터를 잡고 살면서 개인적 삶의 태도로 선택한 것은 크게 두 가지입니다.

하나는 나에게로 향해 있는 태도입니다. 목에 칼이 들어오는 그런 어마무시한 상황이 아니라면, 약간(?)의 불이익과 손해는 감수하고 할 말은 하고, 할 수 있는 일은 하고 살자는 것. 그래서 이곳 대구 주류의 분위기가 어떤지에 대해서 의도적인 무관심의 태도를 취하고 있기도 합니다. 그것과 다르다는 것이 내게 작은 손해로 돌아올지라도, 나는 결국 내가 해야 한다고 생각하는 말을. 해야 한다고 생각하는 일을 할 것이므로. 그것이 어떻게 받아들여질지 크게 중요한 일은 아니라고 생각했기 때문입니다.

물론 하지 못한 일도 있습니다. 2012년 대선 때, 나는 박근혜가 대통령이 된 나라에서 살고 싶지 않았고, '내가 박근혜를 반대하는 이유'라는 제목의 글을 쓰고 싶었으나, 하지 못했습니다. 몰매까지는 아닐지라도 사이버테러 정도는 당하지 않을까 무서워서…. 그리고 '전라도 쁘락치 교수'가 될까 봐요. 각종 시국 서명, 그 정도는 열심히 합니다! 뭐 총장 나갈 것도 아니고 못 할 것 없습니다.

다른 하나는 타인을 향해 있는 태도인데, 개인을 개인으로 만나려 무진 애쓰고 있습니다. 사회학을 공부하는 나는 구조적 힘이 얼마나 센지, 범주적 편견이라는 것이 얼마나 강고한지 알만큼은 알고 있습니다. 그래서 더 필사적으로 개인을 개인으로 만나려 애쓰고 있습니다. 학생은 학생으로만, 동료 교수님은 동료 교수님으로만, 운전기사분은 운전기사분으로만 보려 합니다. 고향이 어딘지, 어느 학교를 나왔는지, 지난 선거 땐 어느 당을 찍었는지 그런 정보들이 눈앞에 서 있는 개인의 모습을 가릴까 경계합니다. 꽤 친하게 지내던 사이에, 한참 지나고 나서야 그분이 대구 출신이고, 경북대 출신이라는 것을 알게 되기도 합니다.

그리고 아주 강한 의지로 하지 않으려 애쓰는 말들이 있습니다. "경상도 사람들은 어떻다", "대구는 어떻다", 이런 말들…. 안타깝게도 대부분 긍정적인 언명은 아니지요. 머릿속에서 이런저런 생각들이 스쳐 지나지 않는다면 거짓말일 겝니다. 충청도에서 몇 년 지내셨던 나의 어머니는 충청도 사람들은 역시 속을 알 수 없더라, 하는 말을 '결론 삼아' 말씀하시곤 합니다.

음, 그렇습니다. 경험이 보태지면 '편견'은 쉽게 확신이 됩니다. 고백하자면 나도 어머니 덕분에 충청도 말씨 쓰는 분들과 접촉할 기회가 많아지면서 가끔은 목이 근질근질하기도 했습니다: "저, 혹시, 말씀 좀 빨리 직설적으로 해주시면 안 될까요?"

그래도 당당하게 말할 수 있습니다. 대구에 온 지 20년이 넘었지만, 그런 이야기를, 특히 부정적 단정을 입 밖으로 낸 적이 없노라고. 부단히 노력하고 있노라고. (어머니 생각까지는 어쩌지 못했습니다만….)

알고 있습니다. 아직까지도 우리 사회에서 특정한 지역(이 말을 성별, 연령 등으로 바꿔놓아도 마찬가지입니다.) 출신이라는 것이 하나의 중요한 '변수'라는 것을. 그것 때문에 요직에 등용될 수도 있고 잘릴 수도 있다는 것을. 그러니 나/우리가 어느 지역 출신이어서 개인적으로 직접 이익/

손해 본 것 없다는 말이 사회학적으로는 별 힘이 없다는 것을.

그러나 바로 그래서! 지금 여기서 시작해야 하는 것 아닌가요. '온전한 개인'으로 살아가는 것을 쉽게 허락하는 사회가 아니기에 우리가 해야 할, 해야 하는 일이 있는 것 아닌가요.


집단 간 차이가 아무리 크다 해도 그것이 개인적 차이를 넘어서진 못한다 합니다. 그런데 지역, 나이, 성별, 그 무엇이든 지나친 집단적 동질화는 이질성heterogeneity을 가리고 개별성singularity를 사장시키는 효과가 있습니다. 행동과학자 프라기야 아가왈은 깊은 무의식적 편견과 암묵적 편향의 뿌리가 '단순한 범주화'의 부정적 절대화에서 유래할 수 있음을 지적합니다.(《편견의 이유》 중) 어떤 집단 전체를 부정적으로 일반화해서 낙인찍는 일은 노동량이 아주 적게 드는 일이지만, 그 위험에서 벗어나는 데는 몇 배의 에너지가 필요합니다.

내기라도 하지요. 누가 누가 끝까지 서로를 개별자로 인식하는 데 성공하는지 말입니다!

친구는 말했습니다. 돛단배가 가장 빨리 갈 수 있는 것은 약간 빗겨 부는 바람이 있을 때라고요. 친구의 말은 계속 이어졌습니다. 배를 타면서 얻은 깨달음이 세 가지 더 있다고요. 하나는 절대 직진으로 갈 수 없다는 것, 다른 하나는 무풍지대에서는 아무리 애를 써도 앞으로 갈 수 없다는 것, 그러나 언젠간 반드시 다시 바람이 분다는 것!

IV

돛단배가 언제 가장 빨리
갈 수 있는지 아시나요?

# 돛단배가 언제 가장
# 빨리 갈 수 있는지
# 아시나요?

도는 통한다 했던가요. 인생의 중요한 지혜들은 우리가 어떤 삶을 살든지 어떻게든 배우게 되는 것 같습니다. 정말 오랜만에 만난 초등학교 동창에게서 무릎을 딱 치게 되는 이야기를 들었습니다. 배를 타며 얻은 경험에서 우러나온 삶의 개똥철학 같은 것이었는데, 아마 듣는 누구나 공감하지 않을까 싶습니다.

남부럽지 않은 풍파를 겪으며 살아온 그 친구. 비교적 최근에 큰 풍랑에 직면했던 것을 알았지만, 그 친구도 나도 그 얘길 꺼내진 않았습니다. 굳이. 대신 소소한 일상과 공동의 추억을 소재로 평화로운 오후를 잠시 함께 보냈습니다.

배에 대한 대화 중 친구가 묻더군요. 돛단배가 언제 가장 빨리 가는지 아느냐고요. 배 뒤에서 바람이 불 때라고 말하고 싶었으나 아마도 그건 답이 아닐 것 같아 쭈뼛대고 있으니 바람이 옆에서 불 때라고 말해줍니다. 그 과학적 이유야 아마도 닻의 위치와 형태 등으로 설명될 수 있을 테지만, 순풍이 순풍이 아니라는 것, 가장 잘 가기 위해 100% 순풍이 아니라 약간 빗겨 부는 바람이 필요하다는 사실이 삶의 어떤 진실을 드러내 보여주는 듯했습니다.

친구의 말은 계속 이어졌습니다. 배를 타면서 얻은 깨달음이 세 가지 더 있다고요. 하나는 절대 직진으로 갈 수 없다는 것, 다른 하나는 무풍지대에서는 아무리 애를 써도 앞으로 갈 수 없다는 것, 그러나 언젠간 반드시 다시 바람이 분다는 것! 멋지지 않으요? 배라고는 유람선 정도 타본 것이 전부인 나지만, 다 너무 잘 알아들을 수 있었습니다.

살아오면서 느낀 막연한 어떤 것들을 친구가 자신의 인생 경험을 통해 깔끔하게 요약 정리해주는 것 같았습니다. 초등학교 졸업 이후 겹치지 않는 경로의 삶을 걸어온 친구와 나지만 어느덧 우리는 이렇게 같은 깨달음 앞에 서 있네요.


어떤 길을 가더라도, 삶의 길이 아주 많이 달라 보이더라도 그 길에서 우리는 '동일한 깨달음의 선물'을 만나게 되는 것도 같습니다. 친구의 이야길 내 말로 조금 더 이어가 봅니다.

완벽하다고 느끼는 때가 실은 그렇지 않은 때일 수 있다는 것, 뭔가 부족하고 아쉽고 벽에 부딪힌다고 느끼는 그때가 실은 내가 잘하고 있고 성장하는 때일 수도 있다는 것, 약간의 저항력과 맞바람이 성장에 꼭 필요하다는 것, 헤매지 않고 상처 없이 갈 수 있는 길은 없다는 것, 삶의 길은 언제나 곡선이라는 것, 아무리 용을 써도 안 되는 일이 있다는 것, 순하게 받아들이며 쉬어가야 할 때가 있다는 것, 버티는 게 능사인 때도 있다는 것, 그러나 언젠가는 '거저 주어지는 바람의 힘'으로 길을 다시 갈 수 있게 된다는 것, 그리고 이 모든 것이 '순리'라는 것.

하나하나 맞아맞아 소리가 저절로 나옵니다. 우리 삶의 모습이 어떻건 사금파리 같은 깨달음은 모든 삶의 모든 모습 모든 순간에 새겨져 있구나 싶습니다.

그나저나 삶이라는 여행길에서 이런 귀한 배움을 얻어 그 이야길 공감할 수 있는 어른이 되어 다시 거울 앞에선 친구와 나, 아마 잘 나이 들어갈 수 있겠지요?

# 너는
# 알아서
# 잘하잖아

말은 참 무섭습니다. 말 한마디로 천 냥 빚을 갚는다고 하지만, 그 속담은 별로 마음에 와닿지 않고, 그 속담을 뒤집어 말할 때 비로소 실감이 납니다; 말 한마디로 천 냥 빚을 질 수도 있다.

대화하기를 좋아하기도 하고, 직업상 말을 많이 하고 살 수밖에 없으면서도, 아니 바로 그래서, 말은 늘 무섭습니다. 나도 말 한마디에 쉽게 상처받는 족속이니, 계속 경계하며 살아야 합니다.

어릴 때 어른들이 하는 말 중 가장 듣기 싫었던 말, 상처가 되었던 말 하나를 지금까지도 기억하고 있습니다: '너는 알아서 잘하잖아'. 물론 칭찬이죠. 그런데 나는 그 소리가 싫었습니다. 알아서 잘하니까, 너는 도움이 필요하지 않고, 너는 누군가를 도와줘야 하고…. 논리가 그렇게 이어지니까요. 칭찬받는데, 뭔지 모르게 벌 받는 느낌이랄까요?

10대 한때 멋모르고(?) 초등학교 교사가 꿈이었고, 그때 생각을 할 때마다 유치원이나 초등학교 선생이 되지 않아서 다행이다 싶어 가슴을 쓸어내립니다. 아무 악의 없는, 때로는 칭찬이랍시고 던진 나의 말 한마디가 아이에게 깊은 상처를 남길 수도 있다는 생각을 하면 섬찟합니다.

그나마 법적 성인인 학생들을 만나는 대학 선생이니 괜찮다 생각하려 애쓰지만, 예를 들어 그리 듣기 싫어했던 말을 학생에게 하고 있는 나를 보면서 마음이 복잡합니다.

자신의 일을 알아서 척척 잘 해내고, 대학 생활에 필요한 '고급 정보'들도 찾아내서 잘 활용하는 학생을 보면 대견하게 생각하면서도, 그러니까 그 친구는 내 손이 필요하지 않겠지라고, 무의식(?)적으로 생각하는 겁니다. 나눠줄 정보나 물건, 기회 등이 생기면 아무래도 왠지 챙겨줘야 할 것 같은 느낌을 주는 학생들이 먼저 생각납니다.

알아서 잘하는 학생을 부당하게 '차별'하는 생각이 들어 마음이 좋지 않으면서도, 알아서 잘 못 하는 학생들을 먼저 챙기는 말과 행동을 쉽게 바꿀 수는 없었습니다. 이런 난감함이라니! 그러면서 어릴 때 내게 그 말을 '할 수밖에 없었던' 어른들의 마음에 감정이입이 됐습니다.

그런데 그나마 어릴 적 경험 때문에 당시의 어른들과 다르게 해보려 노력하는 부분은 있습니다. 별 대단한 건 아닙니다만, 내 마음을 솔직하게 얘기하는 겁니다. 내가 지금 그대에게 이렇게 말하고 이렇게 행동하는 것이 부당하다 느껴질 수 있다고 생각한다, 하지만 조금 부족한 학생을 먼저 챙기게 된다고 그래서 미안하다고 정직하게 말하는 겁니다.

결국 똑같은 것 아니냐고요? 아니요, 아주 조금은 다르다고 생각합니다. 적어도 그대는 잘하니까 '당연히' 다른 사람의 도움이 필요하지 않다고 하거나, 그대는 잘하니까 못하는 다른 사람을 '당연히' 도와줘야지, 라고 하는 건 아니기 때문입니다.

일단 나는 그 친구의 노력과 성과를 인정해주려, 그것을 적극 표현하려 노력합니다. 그리고 내 말과 행동에 대해 내가 옳다고 생각하는 것은 아니라는 것, 그럼에도 왜 이렇게 말하고 행동할 수밖에 없는지 이해를 구하려 합니다. 명시적으로요! 어떤 마음은 잘 보이기도 하지만, 이런 종류의 마음은 잘 보이질 않아서, 꼭 표현을 해줘야 하기 때문입니다.

일종의 '자진 납세'인데, 내 스스로의 면피이기도 하지만, 생각해보건대 어린 내가 싫었던 것은 누군가가 나를 도와주지 않는 것이 아니라, 내가 누군가를 도와줘야 하는 것이 아니라, 이유 없이, 설명 없이 알아서 잘하니까, 그러니까… 당연히… 그런 막무가내였기 때문이었던 것 같기 때문입니다.

그런 대접 내지 요구를 받는 것에 대해 내가 부당하게 생각할 수도 있음을 누구도 이해해주지 않는 것에 대한 섭섭함이 컸던 것 같습니다.

다시 그 시절로 돌아가더라도 자기 일은 알아서 잘하는 아이이고 싶습니다. 누군가의 도움에 의존적인 아이이고 싶지 않습니다. 어른인 내가 아이였던 내게 말을 건넬 수 있다면, 이렇게 말해주고 싶습니다: "잘하고 있어. 대견하다. 그런데 너는 스스로 노력해서 문제를 해결했는데, 누군가는 노력 않고 있다가 거저 해결하는 것 같아 속상하구나. 너는 노력했는데, 노력하지 않은 누군가를 네가 왜 도와줘야 하는지 이해가 잘 안 되는구나. 화나겠다."

생각보다 많은 문제는, 심리학자들도 얘기하듯, 그저 공감해주는 것으로 해결될 수 있는지도 모르겠다 싶습니다. 내게 좀 더 진지하게 이해를 구하고 설명해주려 노력하는 어른이 있었다면, 어린 나는 그렇게 '칭찬받으면서 벌 받는 것 같은' 상처를 받지는 않았으리라 생각합니다.

받았던 상처보다 내가 누군가에게 주었을 상처를 더 걱정해야 하는 어른이 된 지 5만 년이지만, 어릴 적 상처를 기억하는 일은 바로 어른인 나 자신을 경계하는 마음을 위해 필요한 일이기도 합니다. 잊지 않아야 하니까요.

어른 노릇도 부담인데 어쩌다 선생 노릇까지 하고 있는 나. 부디 내가 지나온 시기, 그 시기에 받았던 상처들을 기억하면서. '좋은 선생'은 고사하고 '나쁜 선생'은 되지 않기만을 기도하는 마음입니다.

덧댐

혼자 알아서 아주 잘살고 있는 것처럼 보이는 사람들조차도 누군가의 지지와 응원, 격려와 도움이 필요합니다. 잘 사는 것처럼 보이느라 애를 써서 힘이 부칠 겁니다. 지지와 응원, 격려와 도움이 필요하지 않은 사람은 없습니다.

# 아프다고
## 말할 수 있는
### '용기'

남의 집 강아지 밥 먹는 것까지 마음 쓰시는 어머니 영향 아닌가도 싶지만, 오지라퍼인 측면이 없지 않습니다. '가'라는 곳에서 A라는 사람을 알게 되었고, '나'라는 곳에서 B라는 사람을 알게 되었는데, 두 사람의 관심사나 하는 일에 겹치는 부분이 있다면, 이 두 사람을 서로에게 소개시켜 주곤 합니다. 정작 두 사람은 서로 모르는 사람이니 관심이 있을 리 만무입니다만… 나 혼자 생각으로 좋은 일이다 싶어서요. 보부상이나 복덕방 기질이 있는 게 분명합니다.

그런데 희한하게 개인적으로 아쉬운 소리는 어디 가서 잘 못합니다. 어려운 일이 생겨도 가능하다면 혼자 해결하려고 끙끙 대는 편입니다. 그러다 일을 망치기도 하지요. 물론 밥 사달라, 어디 같이 놀러 가자, 이런 얘기 말고요. 정말 진짜 어렵고 아쉬운 일이 생기면, 무슨 조화인지 없던 독립심이 어디서 다시 불끈 생겨납니다.

여행길에 손목이 골절되었을 때도 주변에 제대로 알리지도 않고, 외지에서 입원해 수술을 받았습니다. 여러 가지 생각이 오갔던 것 같습니다. 이미 일은 벌어졌고 수습만 하면 된다는 생각, 아주 큰 일은 아니라는 생각, 알려봤자 걱정만 시킬 뿐 어차피 내가 겪어내야 할 일이라는 생각… 퇴원 후에야 수술했다고 말을 했지만, 그때도 말을 정확하게 하지는 않았습니다. 이런 나에 대해 가족이나 가까운 분들은 섭섭해하고, 속상해하기도 하고 때로 화도 냅니다. 그러나 때로 가까워서 머뭇거리게 되는 경우 있지 않나요? 관계가 깊을수록 상처도 깊은 법. 그들이 받을 상처나 번거로움을 미리 헤아리게 되어 주춤합니다.

이런 내가 심리학적으로 어떻게 분석될지는 모르겠습니다. 다만 곰곰 생각해보면 어려운 상황 앞에서 '자의식'이 커지는 것은 사실입니다. 내 인생이고, 내 문제이고, 내가 해결해야 한다는 생각. 물론 말했듯 주변에 폐를 끼치고 싶지 않다는 생각도 깔려 있습니다.

이런 태도는 내가 스스로를 '기생형 여행자'로 명명했던 것을 기억하는 분이라면 의아하게 생각할 수도 있을 것 같습니다. 낯선 사람에게도 스스럼없이 말문을 트는 나를 본 적이 있는 분이라면 잘 상상이 안 될 수도 있겠습니다.


그러나 누구나 보기와 다른 점이 있지요? 우리 모두 다면적인 인간이니 상황에 따라 뜻밖의 모습을 보이게 될 수도 있을 것 같습니다. 그런데 정도와 드러나는 양식이 다를 뿐, 내가 겪는 마음의 상태를 누구나 한 번쯤 경험해보지 않았을까 싶기도 합니다.

아프다고 말할 수 있는 것도 '용기'일 수 있다는 것을요. 그리고 정말 많이 아플 때는 아프다는 말도 하기 어려웠던 경험도 아마 있으실 것 같습니다. 그 깊은 터널을 지나고 나서야 비로소 아프다는 말을 할 수 있지 않으셨나요? 아프다는 말을 밖으로 내뱉을 수 있다는 것은 최악의 상태는 지났다는 일종의 방증일 지도 모릅니다.

학생들에게 아플 때 아프다고 말하는 것도 용기다, 필요할 때 필요한 도움을 받는 것도 용기다, 그대들이 아플 때, 도움이 필요할 때 떠오르는 사람 중에 샘도 있으면 좋겠다, 늘 말합니다. 그 친구들이 터널을 지나고 나서야 문제를 해결하고 나서야 찾아오는 것을 보며, 선생은 그대들이 무엇이 되어서 찾아오는 사람이 아니라 무엇이 되어가는 과정을 함께 하는 사람이어야지 않겠냐고 짐짓 섭섭한 마음이 됩니다. 어려운 시기에 입 꾹 닫고 있는 나를 보고 속상해하는 사람들 마음이 확 이해가 되면서요.

하지만 정작 나도 정말 많이 아플 때면 고슴도치처럼 숨어드는 것 같습니다. 똑바로 걸으라면서 옆으로 걷는 '게 부모' 꼴입니다. 그러나 이런 글을 쓴다는 것 자체가 첫발을 뗀 것으로 볼 수 있지 않을까요. 정말 많이 아플 때는 아프다고 말하지 못할 수도 있다는 이야기를 입 밖으로 내놓은 것이니 말입니다.

오래 묵은 '버릇'이 쉽게 바뀔 것 같지는 않습니다. 그래도 이리라도 어설프게 내 마음의 일단을 언어화시키는 노력을 시작한 것으로 작은 위안을 삼습니다.

# 나도
# 아프다 해도
# 되지 않을까

    영화 〈82년생 김지영〉을 봤습니다. 책으로 이미 접했던 내용이지만, 영상 텍스트가 가지는 또 다른 힘이 분명 있는 듯합니다. 그러나 아무래도 소설보다 더 대중적으로 매만져졌다는 느낌. 그럼에도 소모적인 논쟁으로부터 자유롭지 않아, 우리 사회 전반의 젠더 인식 수준에 대해 다시 한번 실망하게 된 계기를 준 영화.

    그런데 사실 영화를 보는 내내 이 텍스트를 둘러싼 세간의 페미니즘 논란과는 직접적 관련이 없는 딴생각이 머릿속을 헤집고 다녔습니다. 한 문장이 계속 맴돌았습니다: 나도 아프다 해도 되지 않을까. 김지영이 아프다고 말해도 되는 거라면….

    김지영은 꽤 많은 것을 갖고 있지 않나요? 사지 멀쩡한 대졸자에, 꽤 괜찮은 남편과 건강한 아이, 본인 편이 되어 주는 언니, 자식의 고통에 가슴 에어지는 어머니까지…. 김지영의 아버지나 오빠, 시부모도 긍정

적인 캐릭터라고 보기는 어렵지만 그 정도면 우리 사회에서 평균 정도
는 되지 않나요? 경제적 상황도 아주 나빠 보이지는 않습니다. 그런데
도 김지영은 계속 아픕니다. 일상적 삶을 지속하기 어려울 정도로.

한 인간으로서 충분히 존중받지 못하는 일상은 그녀를 나락으로 몰
아갑니다. 사실 〈82년생 김지영〉의 성공(?)은 평범한(?) 여성들이 그녀
에게 깊이 공감했기 때문일 겁니다. 아픈 김지영을 보며, 나 또한 그 아
픔에 공감하지 않을 수 없었습니다. 그러면서도 나도 아프다 해도 되지
않을까 계속 그런 생각이 들어 내 설움에 눈물이 났습니다.


내가 아프다고 하면 어떤 사람은 그럴 겁니다. 소위 명문대 졸업에,
외국 박사에, 교수인 당신이 아프기는 왜, 어디가 아프냐고…. 이 세상
에 더 못 배우고, 더 못 가지고, 서러운 삶을 사는 사람이 얼마나 많은
데, 그 정도면 많이 가진 당신 같은 사람이 왜 어디가….

그러게요. 그런데 말입니다. 아픈데도 자격이 필요한가요? 아프면
아픈 거 아닌가요. 눈에 보이는 고통도 있고, 보이지 않는 고통도 있습
니다. 어떤 고통이 더 크고 심각하고 아픈지 재볼 수 있는 묘수가 있는
지 모르겠습니다만, 삶 전체로 보자면, 나는 더 쉬운 삶도 더 어려운 삶
도 없다고 생각하는 편입니다. 옛 어른들이 흔히 했던 말처럼, 이 걱정
없으면 저 걱정. 저 걱정 없으면 이 걱정이 있는 법이지요.


마흔쯤 되었을 땐가. 이런 생각이 들었던 것 같습니다. 이 세상에 부
러워할 사람도, 연민할 사람도 없다는 생각. 생을 마감하는 날, 세상은

그래도 공평했다 말하게 될 것 같다는 생각. 우리가 살아내야 하는 고통의 종류와 시간대는 다르겠지만, 고통의 총량이랄까 그런 것은 비슷할 것 같다는 생각. 그러니 그 누구의 삶도 수월하지는 않다는 생각.

그렇습니다. 나도 힘듭니다. 매일, 매 순간 괴로워하면서 사는 것은 아니지만, 육체적 문제도 힘들고, 마음이 우울의 늪에 빠지지 않게 노력하는 것도 힘듭니다. 죽을 병에 걸린 것도 아니면서 힘들다고 징징댄다는 시선도 힘들고, 매일 새로 생기는 마음의 생채기에도 괜찮은 척, 씩씩한 척하는 것도 힘듭니다.

그런데 아시나요? 그래도 이렇게 힘들다, 아프다, 말할 수 있을 때는 그나마 살 만한 겁니다. 그래서 힘들다, 아프다, 말하려 노력합니다. 살아야 하니까요. 다른 사람들도 다 아프겠지요? 아프지 않은 척하는 것뿐이겠지요? 그래도 남들 다 그렇게 사는데, 너는 왜 그렇게 못하느냐 몰아붙이지는 마세요. 남들 때문에, 남들처럼 살 수는 없으니까요. 나는 나이니까.

아픈 자신을 보듬을 수 있는 마음, 아픔을 성찰적으로 표현할 수 있는 능력. 그것도 애써 '배워야' 하는가 봅니다. 그 걸음마를 떼는 중입니다. 아주 많이 늦은 걸음마를.

# 상처를
# 직면하는
# 글쓰기


　근래 여러 번 다쳤어서 그런지, 요즘 꽂혀 지내는 단어는 아픔, 상처 같은 것들입니다. 그러다 보니 떠오르는 작가가 있습니다. 아니 에르노. 학회에서 만난 선생님을 통해 소개받았던 프랑스 작가인데, 한국어로 번역된 그녀의 모든 작품을 읽었습니다. 노벨상을 받은 지금이야 상황이 달라졌지만 당시엔 절판된 책이 많아 헌책방을 뒤지기까지 했었지요. 그만큼 끌림이 있었던 겁니다.

　에르노의 작품은 소설이라 불리나 우리가 알고 있는 보통의 소설은 아닙니다. '자전적 소설'이라 불리기도 하지만 그러기에도 너무 사실적입니다. 자전적 소설을 쓴 작가들은 대개 어느 부분이 사실인지 아닌지는 중요하지 않다, 소설로 봐달라 말하곤 하는데, 이 작가, 대놓고 '나는 사실만 가지고 글을 쓴다' 합니다.

　그래서 소설이라지만 일기를 읽는 느낌입니다. 그것도 아주 날카롭

게 벼린 칼로 쓴 비밀일기. 시골 소상공인 집안에서 태어나 자라며 느꼈던 열등감, 부모의 위선적인 말과 행동, 가족에게서 받은 상처, 사랑과 이혼, 자신의 연애사까지 무서울 정도로 까발려 놓습니다. 어떻게 저렇게까지 자신에게 솔직하다 못해 냉정. 아니 냉정을 넘어 가혹할 수 있을까 싶을 정도로. 저 솔직함, 냉정함과 가혹함이 사실은 아니겠지 싶을 정도로.

낯선 충격이었습니다. 상처 없는 성장이라는 것이 존재하지 않고, 작가는 자신의 상처를 '팔아먹고' 사는 사람이라지만, 작가가 이런 '무서운 글쓰기'를 통해 얻고자 하는 것이 대체 무엇일까. 관심은 점점 글 자체보다 이 작가의 글쓰기 목적에 가 닿았습니다.

아니 에르노처럼 글을 쓸 자신은 없습니다. 그래서 이 작가에게 강하게 끌리는지도요. 갖지 못한 것을 가진 이에게 끌리는 마음, 아시지요?

에르노의 작품 세계를 전체적으로 해석할 역량이 있지는 않습니다. 다만, 그녀의 '칼 같은 글쓰기'는 자신의 아픔과 상처를 직면하는 하나의 과격한 방식이라고 느낍니다. 그리고 엄두도 못 내지만, 글쓰기가 갖는 치유의 힘, 특히 스스로의 상처를 직면하는 글쓰기의 힘에 대해서는 100% 공감합니다.


사실 글쓰기의 강력한 동기 중 하나가 상처이고, 아주 초보적인 형태이지만 내 글도 상처를 직면하려는 노력이기도 합니다. 어설프게 나를 쓰는 일조차 쉽지 않은 일임을 매번 느끼지만, 아직은 모든 상처를 드러낼 준비가 되어 있진 않지만, 스스로에 대한 연민으로부터 벗어나는 일은 너무나 어려운 일이지만, 생각을 글에 담아내려는 노력 자체가 의미 있는 한걸음이 된다는 것 정도는 압니다.

자신의 삶을 깔고 앉은 채 바로 그 자리에서 그 힘든 일을 해낸 에르노. 나는 그저 살짝 그 비슷한 걸 흉내 정도 내려 합니다. 그 정도도 때로 힘들고 아파서, 너무 아프게 하지는 않으려 합니다. 상처를 직면하는 글쓰기 또한 자신을 위해 하는 일이니 말입니다. 이 과정을 통해 조금씩은 더 성장하기를 간절히 바라고 있습니다.

# 당신에게
# 가장 아픈 상처를 준
# 사람은 누구?

 당신을 제일 많이, 오래 아프게 한 사람은 누구입니까? 당신에게 가장 지독한 상처를 안겨준 사람은 누구입니까? 그 사람이 바로 당신이 가장 많이 가장 깊이 사랑하는 사람이라는 데 걸겠습니다. (아니신가요? 음, 그렇군요. 나는 그렇더라고요….)

 그렇다면 위 질문에 대한 답은 자주 '가족'이라는 이름으로 불리는 사람들일 것이라 짐작합니다. 서로의 존재를 가능하게 한 사람들이, 서로에게 '사랑'이란 이름으로 하나 되어야 한다고 기대되는 사람들이, 때로 또는 자주 서로를 가장 힘들게 하고, 깊은 상처를 주고받는 관계가 되는 이 역설을 어떻게 이해해야 하는 걸까요?

 정서적으로는 여전히 받아들이기 어렵지만, 논리적으로는 보다 간단합니다. 마음을 내어준 만큼, 딱 그만큼이 서로가 받을 수 있는 상처의 최대치입니다. 데면데면한 친구와 친한 친구 중 누구에게서 상처받을 확률이 높을까요? 누구로부터 받은 상처가 더 아플까요? 너무 분명하지요? 그러니 당신은 아니라 말할지 모르지만, 나는 논리적(!)으로 내가 가장 사랑하는 사람 = 나를 가장 아프게 하는 사람이라고 계속 주장하겠습니다.

누군가에게 마음을 내어준다는 것, 그것은 그만큼 상처받겠다는 '승낙' 같은 겁니다. 깊은 상처를 받은 사람은 마음을 닫게 되지요. 아주 자연스러운 일입니다. 감당할 수 없는 상처를 피하고 싶은 건 생존을 위한 동물적 본능에 가까운 것이겠지요.

그런데 말을 뒤집으면 상처받지 않겠다는 것은 사랑하지 않겠다는 것이 되니, 이 마음을 지키는 것도 쉬운 일은 아닙니다. 누군가를 사랑하는데 상처는 받지 않는다? 이런 상황이 가능하길 나도 진심 바라지만, 기대하긴 어렵다고 생각합니다.

드라마 작가 노희경이 '산다는 건 언제나 뒤통수의 연속'이라고 했는데, 공감합니다. 우리가 살며 주고받는 상처의 대부분은 사랑하는 사람, 믿었던 사람, 가까운 곳에 있는 사람들과의 관계에서 발생하는 것임을 기억해 봐도 그렇습니다.

그러니 내 개똥논리가 맞다면, 우리의 선택지는 둘뿐입니다. 사랑하면서 상처받거나, 사랑하지 않으면서 상처받지 않거나.

… 어디로 가는지에 대한 생각도 없이 바람을 맞으며 휘적휘적 걷노라면, 이런저런 생각들이 예고도 없이 순서도 없이 들어갔다 나갔다 합

니다. 대부분은 나를 웃게 하고, 나를 울게 하고, 나를 살게 하고, 나를 힘들게 하는 사람들, 그들과의 관계에 대한 것들입니다.

자연 안에 머물러 있는 동안에도 그것은 영원히 풀리지 않는 숙제처럼 느껴집니다. 영화 〈더 기버: 기억전달자〉에서는 모든 '부정적'인 가능성을 소거한 커뮤니티가 나옵니다. 사람들을 '고통'으로부터 보호할 수 있는 유토피아를 만들고 싶었겠지요. 그런데 주인공은 결국 모든 긍정성과 부정성이 뒤섞인 세상을 선택합니다. 긍정적인 면만 싹 골라서 취할 수 있는 방법, 혹시 당신은 아시나요? 그리고 혹시 그렇게 하면 긍정적인 면만 100% 계속 존재하는 상황이 이루어질까요? 이 두 가지 질문에 내 대답은 소심하게 모릅니다, 아닐 것 같습니다, 입니다. 그러니 다른 선택지가 없네요, 아직은. 사랑하며 상처를 주고받는 길 외에는….

다만 바라기는 내가 상처를 두려워하여 사랑을 택하지 않는 일은 없기를. 감당해야 하는 상처들을 살아낼 힘이 부디 내 안에 남아 있기를요….

학생들에 대한 애정인지, 관심인지, 집착인지, 기대인지, 뭔지 모를 마음이 아직은
조금 더 커서, 선생 노릇을 계속하고 있습니다. 이런 생각을 하곤 합니다. 스스로
를 '지식 판매 서비스인'에 불과하다고 생각하게 되는 날, 내가 대학에 있는 이유가
월급 때문만이라고 생각하게 되는 날, 만약 그런 날이 온다면, 그날이 조기퇴직을
해야 하는 날일 거라고 말입니다.

물론 그런 날이 오지 않기를 바랍니다. 어렵고 힘들고 지치는 마음이, 비록 어쩌다
선생이지만, 선생으로서 느끼는 긍지와 보람을 이기지 못하기를 바랍니다. 그래
서 내가 선생으로서 무사히 정년을 할 수 있기를 바랍니다.

# '어쩌다 선생'의 자기고백

# '어쩌다 선생'의
## 자기
### 고백

신임 교수 환영회 자리에 참석할 일이 있었습니다. 새 구성원들의 싱그러운 기운으로 기분 좋은 자리였습니다. 무엇보다 신임 선생님들의 자기소개 시간이 무척 흥미로웠고, 더 길게 이야기를 들을 수 없는 것이 아쉬울 정도였습니다. 초짜 선생 시절 생각이 나 슬며시 웃음도 나더군요.

생각해보면 대학 선생은 참 이상한 존재입니다. 초중고 선생님들과 달리 한 번도 제대로 된 '선 생 교 육'을 받지 않고, 선생 노릇을 하고 있으니 말입니다. 나뿐 아니라 아마 많은 대학 교수들이 그러하리라 생각합니다. 사대 교수님들을 제외하고는 말입니다.

부모 교육의 필요성에 대한 사회적 논의에 빗대보자면, 내가 하려는 이야기가 대학 선생 모두가 교육학 공부를 해야 한다거나 '선생 교육'을 받아야 한다는 이야기인가보다 하실지 모르지만, 아닙니다! 그건 정말 내 의도가 아닙니다.

오히려 대학 본부도 교육부도 대학을 제발 좀 놔둬야 한다고 생각하는 편이고, 교육부가 없어져야 우리나라 교육이 산다는 역설적 주장 쪽에 마음이 기우는 사람입니다. 교육학 공부를 하고, '선생 교육'을 받게 한다고 대학 선생들이 더 나은 선생이 될 수 있다고도 생각하지 않습니다. (오히려 대학 선생은 연구자와 선생 사이에서 시소를 타는 '경계적 존재'라는 것에 그 독특한 의미가 있다 생각합니다.) 다만 '어쩌다 선생' 노릇을 하고 있는 사람으로서, 일종의 자기 고백을 좀 하고 싶습니다.

나는 막연하게 책 읽고 글 쓰는 삶, 연구자로서의 삶을 꿈꾸며 공부를 했던 것 같습니다. 그 과정에서 선생 노릇에 대한 고민은 사실 거의 없었습니다. 내 앞가림하기도 바빴지요. 그런데 막상 대학에 취직을 하고 보니, 선생으로서 해야 하는 일이 생각보다 굉장히 많았고, 연구자로서 지낼 수 있는 시간은 점점 줄어드는 느낌이었습니다. 산술적으로 50 대 50은 돼야지 않나 싶었는데, 70 대 30 정도의 느낌? 조금, 아니 많이 당혹스러웠습니다.

'어쩌다 선생'의 시간은 그렇게 시작되었습니다. 처음에는 경험이 많은 선생님들의 강의를 기웃기웃하며, 뭐라도 좀 배워볼까 하기도 했었는데, 곧 알게 되었습니다. 나는 그분이 아니며, 그분이 될 수 없다는 것을…. 걸어가 보지 않은 길이지만, 결국 나만의 길을 갈 수밖에 없다는 것을 말입니다.

그렇게 좌충우돌하며 선생으로 사는 법을 배워가는 중이고, 나의 선생 모델을 만들어가는 중입니다. 아마 정년 할 때까지 그럴 것 같습니다. 시간이 지난다고 익숙해지지 않고, 쉬워지지도 않더라고요. 아마도 새로 선생의 길로 접어든 분들은 이 시기만 지나면 괜찮겠지, 그리 생각하실지 모르지만, 안타깝게도 내 경험은 아니라고 말하고 있습니다. 연극 무대 30년 선 사람이 매번 무대가 새롭고 무섭다고 하듯 늘 새로 어렵습니다. 가끔은 선생 노릇을 한 세월이 얼마인데, 여직 이 모양이냐는 자괴감이 날 괴롭힙니다.

사실 썩 '좋은 선생'은 못 되는 것 같습니다. 게다가 더 '나쁜' 것은, 좋은 선생이 되고 싶은 의지도 별로 없다는 겁니다. 선생 노릇을 배운 적도 없으면서 지금도 '학습지원센터' 같은 곳에서 '학습'을 받을 열의도 의지도 없는 선생이고, PPT 한 장 없이 순 날구라로 수업을 하는 선생이고, 치사하게 논리로 학생들을 이겨 먹으려고 하는 선생입니다.

스스로는 게으르면서도 성질은 급해 학생들을 힘들게 하는 선생이고, 너그럽지도 온화하지도 않은 '욱' 선생이고, 학생들 생활지도도 많이 하는 선생입니다. (야단을 많이 치는 잔소리 대마왕이라는 얘기입니다. 천마에 라고 불리기도 했었네요. 내가 학생들에게 교수 아닌 선생으로 불리고 싶어 하는 이유 중 하나도, 그래야 조금이라도 잔소리를 할 수 있을 것 같아서이기도 합니다. 물론 학부생 말입니다.)

내 수업에는 매시간 과제가 있어서 그것으로 악명을 높이고 있기까지 합니다. 꿀교양, 꿀전공 얘기 들어보셨나요? 그런 수업 찾아다니는 학생들은 내 옆에 안 옵니다. 내 수업을 함께하는 학생들에게 '그런 수업을 왜 듣냐'고 얘기하는 학생도 있다고 들었습니다. 그래서 내가 그러기는 했네요. 꿀수업이 있으면, '보약수업'도 있어야 안 되냐고요. 의무 비슷하게 해야 하는 상담은 의무적으로 하고, 우리 과든 다른 과든 '진짜 상담'하러 오는 학생들과 몇 시간씩 상담을 하고 앉아 있는 대책 없는 선생이기도 하지요. 한마디로 '견적이 안 나오는 선생'입니다.

게다가 학생들과 지내는 시간은 기쁘고 즐겁고 의미 있는 만큼, 어렵고 힘들고 지칩니다. 학생들은 "저희를 믿으셔야죠"라고 합니다. 내 대답은 "나 스스로도 안 믿는데, 그대들을 어찌 믿나요"인데, 사실 명색이 선생이란 사람이 학생을 믿지 않으면 어쩌겠습니까? 그렇지만 학생들이라고 다들 천사는 아니고, 가끔 또는 자주 사고도 치고 뒷통수도 칩니다. 그 상처가 아물기도 전에 다른 상처가 덮치기도 하지요.

그래도 미운 정인가요? 다행히 학생들에 대한 애정인지, 관심인지, 집착인지, 기대인지, 뭔지 모를 마음이 아직은 조금 더 커서, 선생 노릇을 계속하고 있습니다. 이런 생각을 하곤 합니다. 스스로를 '지식 판매 서비스인'에 불과하다고 생각하게 되는 날, 내가 대학에 있는 이유가 월급 때문만이라고 생각하게 되는 날, 만약 그런 날이 온다면, 그날이 조기퇴직을 해야 하는 날일 거라고 말입니다.


물론 그런 날이 오지 않기를 바랍니다. 어렵고 힘들고 지치는 마음이, 비록 어쩌다 선생이지만, 선생으로서 느끼는 긍지와 보람을 이기지 못하기를 바랍니다. 그래서 내가 선생으로서 무사히 정년을 할 수 있기를 바랍니다.

어쩌면 그럴 수 있을 것도 같습니다. 방학이 있으니 말입니다! 동료 선생님들에게 가끔 하는 말이 있습니다: "개강이 되었으니 곧 방학일 거다. 그때까지 모두 무사하셔라!" 솔직한 심정입니다. 방학이 끝날 때쯤이면 학생들이 묻습니다. "선생님은 개강 안 싫으시죠?", 내 대답은 "안 싫겠어요, 안 싫을까요?"입니다. 싫습니다, 싫고요. 그래서 2월 15일과 8월 15일을 안 좋아합니다! 개강에 대한 부담감을 더 이상 외면하기 어려운 시간이 도래했음을 알려주니까요.

나는 독일에서 공부했는데, (독일에서 공부한 분들 잘 아시겠지만) 방학 Semester Ferien을 'Semester ohne Vorlesung'이라고도 하지요. 방학은 '강의만 없는 학기'라는 소리입니다. 정말 방학은 학기 중 밀린 덩어리 일들 처리하다 보면, 후딱 잘도 갑니다. 물론 그래도 방학이 좋지요!

농담처럼 드리는 말씀이지만, 진심입니다. 특히 생각을, 공부를 업으로 하는 사람들에게는 '생각의 빈자리'를 충분히 만들어주는 시간이 꼭 필요하다고 믿습니다. 그래서 방학 때 선생은 아무것도 할 일이 없지 않냐는 얼굴로, "선생님, 방학 때 뭐하셔요"라고 묻는 학생들에게 내 대답의 버전은 여러 개인데, 그중 하나는 "논다"이고, 다른 하나는 "샘은 365일 일하거든요"입니다.

암튼 그래도 막상 개강이 되고, 수업에 들어가면, 언제 그랬냐는 듯이 시간을 꽉꽉, 그것도 열심히 채우고 나오는 나를 봅니다. 그래서 가끔은 학생들에게서 '천상 선생이시라'는 얘기도 듣습니다. 그래도 여전히 선생이라는 호칭은 벅차면서도 버겁기도 합니다. '좋은 선생'은 고사하고 '나쁜 선생'은 되지 말아야 할 텐데…. 압박감이 적지 않습니다. 그렇게 나는, 아직도, 여전히 선생이 되어가는 중입니다.

그러니, 선생이라는 길 또한 참 먼 길입니다. 그저 그 길을 뚜벅뚜벅, 때론 기쁘게 때론 힘들게, 때론 보람있게 때로는 좌절하며 걸어가는 중입니다. 조금은 설레는 마음으로 조금은 두려운 마음으로 시작했던 선생의 길. 내가 선생이라는 이름으로, '빛나는 정년'이라는 도착지에 부디 무사히 다다르게 되기를 빕니다.

# "꿈 = 직업 정하기?"
# 질문이
# 잘못되었다!

이 글을 쓰는 소극적 이유는 상담 오는 학생들에게 읽고 오라 하려고 입니다. 매번 비슷한 말을 반복해야 하는 상황이 싫어서, 이 글을 읽고 오면 그다음 이야기를 할 수 있지 않을까 하는 기대가 있습니다. 보다 적극적인 이유는 우리나라 초중고 교육에서 진짜 이것만은 당장 바뀌어야 한다는 생각이 있기 때문입니다. 바로 진로 교육입니다.

초중고 진로 교육의 모든 것을 알고 있는 것은 물론 아니라서 조심스러운 측면이 있지만, 중등교육을 거쳐 대학을 온 학생들을 통해 알고 있는 정보만으로도 이 정도 이야기를 할 '자격'은 있다고 생각합니다.

초중고 시절 생활기록부에 적게 되는 희망 직업(희망 진로). 여러분은 그 란에 뭐라고 적으셨었나요? 착한 당신이라면 당연히(!) 직업을 적으셨겠지요? 이유까지 적게 하는 학교도 있고, 심지어 부모 희망 직업까지 적게 하는 곳도 있다고 들었습니다. 학년 별로 희망 직업이 바뀌면 대학 입시에서 좋지 않은 평가를 받을 수 있다는 이야기를 듣는 경우도 있다고 합니다.

어떤 학생은 희망 직업(장래 희망)란을 비워갔는데 무조건 채우라는 선생님의 요청을 받은 적이 있었다고 하고, 직업을 적지 않고 '행복하게 살고 싶다'고 썼다가 담임선생님께 혼쭐이 났다는 학생도 있더군요. 그런 얘기를 들을 때마다 몹시 화가 납니다! 왜, 무엇 때문에 그것이 야단을 맞아야 하는 이유가 되는 것일까요? (이런 것이 고쳐지지 않고 우리나라 교육이 바로 설 수 있는지 대단히 의문입니다.) 최근엔 어느 정도 문제를 인식했는지 희망 분야를 쓰게 하는 곳도 있다 합니다. 교육계, 법조계, IT업계 이런 식으로요. 조금 나아졌다고는 보이지만 기본 인식은 여전하지 않은가 싶습니다.


진로의 문제를 삶의 모습과 빛깔의 문제가 아닌 '직업'의 문제로 축소 등치시키는 것, '전공이나 직업을 선택하는 것이 진로를 결정하는 것'이라는 생각이 바로 그것입니다. 전공이나 직업을 선택하는 것이 진로 문제에 있어 기본적이고 중요한 부분임을 부정하는 것은 물론 아닙니다만, 마치 그것이 다인 것처럼, 그리고 그것이 가장 중요한 것처럼 여겨지는 것에는 문제 제기를 하고 싶습니다.

우선 꿈, 진로, 희망 직업, 장래 희망… 무엇이라 이름 붙이든 간에 그것이 말하고자 하는 바가 무엇인지 생각해봐야 하지 않을까요? 우리가 사는 이유가 어떤 직업을 갖기 위해서인가요? 특정 직장에 들어가기 위해서인가요? 어떤 삶을 살고 싶은지, 내 삶이 어떤 모습이면 좋을지,

어떤 삶의 꼴이 내게 잘 맞을지에 대한 고민 중에 하나의 도구로 선택 되는 것이 직업 또는 직장 아닐까요?

내 말은 우리가 생각을 거꾸로 하는 것처럼 보인다는 겁니다. 자기 삶의 바람직한 상에 대한 생각이 없는 사람은 거의 없을 겁니다. 그런 생각을 잘 키워나갈 수 있도록, 자기 자신을 잘 들여다볼 수 있도록 가 정과 학교가 도와줘야 하는데, 그러기는커녕 이를 쓸데없는 일로 치부 하고 '진로=희망 직업'을 가능한 한 빨리 정하라고만 한다니 안타깝습 니다.

우리 사회에서는 진로, 장래 희망, 희망 직업 그리고 꿈이 모두 한 단 어 아닌가요? 그래서 희망 직업을 정하지 못하면 꿈이 없는 것으로 치 부되고, 진로지도란 마땅히 희망해야 하고 그나마 희망할 수 있는 직업 의 종류를 제시해주는 것에 다름 아닌 것이 되어 버리는 상황이 속상합 니다.

지극히 현실적인 문제도 있습니다. 먼저 묻겠습니다. 중고등학생이 아는 직업은 몇 개나 될까요? 나보고 직업을 나열해보라 해도 백 개, 적 을 수 있을지 잘 모르겠습니다. 많은 부모님도 별반 다르지 않으실 거 라 생각합니다. 아니 보통의 한국 부모님들이 알고 있고 자녀들에게 (강)권하는 직업의 숫자는 그보다도 훨씬 적을 것 같습니다. 그런데, 수 십 년 안에 기존 직업 중 적어도 셋 중 하나가 사라지고 새로 생겨날 것 이라 말해지는 세상에서, 우리는 도대체 뭘 어떻게 결정하라고 학생들 을 다그치고 있는 걸까요?

더 이상은 부모가 살던 대로 살면 되는 세상이 아닌 오늘, 진로에 대한 고민이 우리가 알고 있는 직업 몇 가지에서 한두 가지를 고르는 일이 될 수 없다는 것은 너무 자명한 일 아닐지요. 그런데 이런 말도 안 되는 일이 우리 학교에서는 오늘도 모든 교사와 학생들에게 강요되고 있는 것 아닌지요. 희망 직업 난을 꾸역꾸역 채우며.

그리고 꿈은 키워가는 것이고 변화하는 것이 오히려 자연스러운 일 아닌지요? 물론 특정 직업의 형태로 어릴 때부터 자신의 꿈을 계획하는 친구들이 있고, 성공적으로 그 길을 가는 경우도 있지만, 일반적인 일은 아니지요. 특정 직업의 꿈을 가지고 있다가 그 꿈을 이런저런 이유로 이루지 못해 좌절하게 되는 경우가 아마 훨씬 많을 겁니다. 그런데 이때 이 친구들이 좌절하게 되는 이유는 아마 꿈 자체가 특정 직업이었기 때문인 것도 같습니다.

그런데 정말 꿈은 특정 직업이나 직장으로 환원되어야만 하는 것인가요? 그렇게 학생들을 교육하는 것이 맞을까요? 물론 계획을 세우는 일이 필요하지 않다거나 나쁘다고 말하는 것은 아닙니다. 계획이 구체적인 것도 좋은 일이겠지요. 하지만 앞서 얘기드렸듯이 장래 희망을 특정 직업으로 구체화하는 것은 학생들에게 매우 어려운 일이며, 가능한 일이 아닐 가능성이 높습니다. 본인이 아는 몇 안 되는 직업 중 하나를 골라내는 일이 될 수 있습니다. 그것이 그리 중요하고 필요한 일일까요? 이것이 내가 직업체험시설 '키자니아'를 썩 좋아하지 않는 이유 중 하나이기도 합니다. (다른 이유 하나는 직업을 아주 많이 단순화, 정형화시키는 우를 범할 수밖에 없어 보인다는 겁니다.)

　희망 직업을 정하지 못한 학생들이라고 특성, 기질, 성향 등이 없는 것은 아니고, 그들과 이야기해보면 대부분 어떤 삶을 살고 싶은지, 본인의 인생에 있어 중요한 것이 무엇인지에 대한 생각을 어렴풋이나마 갖고 있습니다. 뭔가 다른 사람을 도와주는 일을 하며 살고 싶다든지, 본인에겐 워라벨이 정말 중요하다든지, 무엇보다 경제적 풍요를 성취하고 싶다든지, 행복한 가족을 빨리 이루고 싶다든지… 진로를 정하는 데 있어 중요한 단서들이라고 생각합니다. 미국의 우주비행사 조니 킴은 군인, 의사를 거쳐 우주비행사가 된 흥미로운 이력의 소유자입니다. 그는 '지킬 수 있는 사람'이고 싶었다고 합니다. 무력으로 가족을 지키려던 군인은 아픈 사람을 지키는 의사가 되었다가 이제 지구를 지키는 우주비행사가 되었네요. 충분히 이해가 되는 경로 이동이군요!

　기왕에 특정 직업을 꿈으로 갖고 있는 학생들에게도 자신의 기질, 성향 등을 다시 한번 들여다보며 어떤 점에서 그 직업에 끌리는지, 본인이 생각하는 삶의 모습과 그 직업이 어떤 점에서 맞다고 생각하는지, 또 다른 일들 중 본인과 맞는 일은 없을지… 생각해보도록 유도하는 것도 생산적인 일이 되리라 생각합니다. (그것이 '스스로의 내부로부터 생산된 희망'이 아니라는 반갑지 않은 깨달음을 얻고 뒤늦은 방황을 하게 되는 후유증이 있을 수도 있겠습니다만 그 또한 필요하고 중요한 일일 겁니다.)


　진로進路란 한자어를 풀면 나아가는 길이란 뜻이고, 결국 내가 어떤 사람이 되고 싶은지, 어떻게 살고 싶은지 방향을 잡아가는 일일 겁니다. 그런 의미에서의 꿈은 결코 나타났다 사라질 수 있는 그런 성질의 것이 아닙니다. 한 방에 끝내 버릴 수 있는 고민도 아닙니다. 평생 가꾸어 가야 하는 것이지요. 학생들이 그에 관한 고민을 계속 잘해갈 수 있도록 도와주어야 하지 않을까요? 그럴 수 있는 능력, 그것이 진정 젊은 이들이 습득해야 하는 능력이라 생각합니다.

특정 직업은 그 길 위에서 어느 정도는 우연히 선택되기도 하는 것이지요. 직업 희망은 물론 수십 번 바뀌기도 합니다. 학생들이 특정 직업에 대한 꿈을 잃어버리는 순간, 인생의 꿈이 사라진 것으로 '착각'하게 되어 방황하는 일은 없도록 해야 할 것입니다.

진로는 전공이나 직업을 '골라잡는' 일이기에 앞서, 무엇을 좋아하는지, 어떤 사람인지, 어떤 사람이 되고 싶은지, 어떤 삶을 살고 싶은지, 본인의 삶에서 가장 중요하다고 생각하는 것이 무엇인지에 대한 질문이자 대답의 긴 여정이 아닐까 합니다.

꿈 = 직업 고르기? 질문이 잘못되었습니다. 질문 자체가 '잘못'되었는데, 제대로 된 답이 나올 리 없습니다.

학생들이 희망 직업을 '아직' 선택하지 못했기 때문에 불안하게 되는 그런 교육은 이제 정말 그만두었으면 합니다. 크게 돈 드는 일도 아니지 않나요? 관점만 바꾸면 될 일입니다.

몇 해 전, 재직하고 있는 학과의 나이 지긋하신 동문님과 식사하는 자리가 있었습니다. 당시 학과 학생대표였던 친구가 동석하고 있었지요. 동문님께서 그에게 물으셨습니다: "그래, 자네는 졸업 후 뭘 할 생각인가"라고 말이죠. 거의 모든 학생이 5만 번 넘게 들어봤을 그 질문에 그 학생은 "착한 사람이 되고 싶습니다"라고 답을 했습니다. 다음 대화는 정확히 기억이 나질 않습니다만, 동문님께서 살짝 당황하셨었을 것 같기도 하네요. 뜻밖의 대답이었을 테니 말입니다. 그러나 나는 그 친구가 무척 대견했습니다. 동문님께서 듣고 싶으셨던 대답이 무엇인지 모르지 않을 텐데 저리 태연하게 자신의 대답을 할 수 있다니, 대단하다 싶었지요.

그리고 나는 그때나 지금이나 그 학생의 미래를 걱정하지 않습니다. 글을 쓰겠다며, 졸업 후 거의 반백수로 지내고 있지만 말입니다. 어떤 삶을 살고 싶은지, 인생의 중요한 가치가 어디에 있는지 아는 이 친구는 이미 훌륭하게 자기 자신의 진로를 찾았고, 찾아가고 있는 것 아닐는지요…. 응원합니다. 주어진 삶 '착하게' 잘 살아낼 겁니다. (이 글을 이 친구 부모님은 보지 않으셨으면 좋겠네요. 아니 보셔야 할 것도 같습니다. 마음이 두 갈래네요.)

# 잘못된 질문의
# 부작용:
# 꿈이 사라졌다?

   청년들을 만나면서 가장 많이 듣는 얘기 중 하나는 '아직 뭐가 뭔지 잘 모르겠어요, 그래서 불안해요'입니다. 공감도 가고, 마음도 아픕니다. 이런저런 복잡한 생각도 머릿속을 스칩니다.

   물론 인간은 누구나 존재적인 불안에 시달릴 수밖에 없습니다. 미래라는 시간을 인지하고는 있지만 그 시간을 선취할 수는 없는 인간의 숙명 같은 겁니다. 그러니 그건 그들의 잘못도 아니고 그들만의 문제도 아닙니다.

   그런데 그 불안에 기성세대가 꿈에 대한 '잘못된 공식'을 강요하면서 덤까지 보태는 것 같아 더 안타깝습니다. '꿈 = 진로 정하기 = 직업 정하기'라는 공식이지요. 그 세뇌는 꽤 성공적이어서 많은 젊은이의 머릿속에는 희망 직업을 결정하지 못했음 = 진로를 결정하지 못했음 = 방황 중임 = 바람직하지 않음 = 불안함 = 이 고민의 과정을 가능한 한 빨리 끝내야만 함, 이라는 등식이 자리 잡고 있는 듯합니다.

물론 미래에 대한 청사진을 갖는다는 것, 어느 정도 구체적이고 실현가능한 계획을 세우는 것의 의미를 폄하할 생각은 없습니다. 필요한 일이고 그것이 정서적 안정감이라는 부수적인 효과까지 준다면 권장할 일입니다.

그런데 우리가 특정 직업을 갖기 위해 사는 것은 아니지 않나요? 오히려 직업은 내가 살고 싶어 하는 삶을 구현하기 위한 하나의 도구가 아닐지요? 진로에 대한 고민의 결과가 많은 경우 특정 직업일 수 있겠습니다만 말입니다.

알고 있는 얼마 안 되는 직업의 종류 중에서 구체적인 어떤 직업 하나를 '정할지'에 몰두하기에 앞서 자기 자신에 대한 관심과 성찰이 더 필요하고 중요한 일이 아닐까 합니다. 내가 어떨 때 기쁘고, 어떨 때 힘들고, 어떤 가치를 중요하게 생각하고, 어떤 상황을 참을 수 없는지 등을 알아채는 것 말입니다. 젊은 친구들이 이 쉽지않은 과제들 사이에서 균형감각을 가질 수 있도록 주변에서 적극 도와주어야 한다고 생각합니다.

그렇지 않으면 심각한 부작용이 나타날 수 있습니다. 발레리나가 되고 싶었던 고등학생 이야기를 잠시 하겠습니다. 동료샘의 자녀였지요. 이런저런 사정으로 그 생각을 접어야 하는 상황이 되면서, 이 친구는 갑자기 길을 잃은 것 같은, 그런 느낌을 받았나 봅니다. 부상으로 갑자기 운동을 할 수 없게 돼 세상이 무너졌던 학생의 경험담도 기억이 납니다. 이런 경우 우리는 흔히 "꿈이 사라졌다"고 하지요. 꿈이 사라졌다, 는 말, 가슴이 쿵 내려앉는 말입니다.

어떤 직업적 전망을 좇다가 타의로 주저앉게 되는 건 물론 큰 타격입니다. 매진하던 어떤 목표가 갑자기 눈앞에서 사라진 느낌이 얼마나 절망적일지 충분히 상상이 됩니다. 그런데 우리 사회가 제공하는 잘못된 꿈 공식이 그런 어려움에 처한 젊은이들의 '회복탄력성' 정도를 낮추는데 일조하는 것 같아 안타깝습니다. 우리 사회가 뭔가 잘못된 방향을 제시하고 있는 것은 아닐까 걱정이 됩니다.


'꿈'이라는 것, 그것은 어느 날 나타나기도 하고 갑자기 사라지기도 하는 것일까요? 꿈에 대한 정의에 따라 다른 대답을 할 수 있을 것 같습니다. 꿈 = 희망 직업이라 생각한다면, 꿈은 생기기도 하고 없어지기도 할 겁니다. 그러나 꿈 = 내가 어떤 삶을 살고 싶다는 의미와 가깝다면, 그건 쉽게 나타나거나 사라질 수 없는 것 아닐까 합니다. 이런 경우 직업이란 내가 살고 싶은 인생의 길을 걸어가는 중에 어느 정도 우연으로 어느 정도 필연으로 선택하게 되는 ─ 때로 단기의 때로 장기의 ─ 옵션 같은 것이라 생각합니다.

나의 인생길에는 오로지 이 직업? 물론 잠시 또는 오래 그런 생각을 할 수는 있겠지만(평생 그렇게 정한 직업을 영위하는 사람도 있을 수 있겠지만), 이런 생각의 한 가지 결정적 약점 하나는 우리가 아는 직업이 그리 많지 않다는 것이 아닐까요? 그러니 어떤 직업을 마음에 담는 것을 말릴 일은 아니나, 조금은 열린 마음을 갖고 있었으면 합니다.

그리고 하고 싶은 일의 종류가 바뀌더라도, 하고 싶은 일이 눈앞에서 사라지게 되더라도, 그게 꼭 절망이어야 할 이유는 없습니다. 그 순간에 우리는 비로소 '생각'이라는 것을 하게 되기 때문입니다. 꿈이라는 것은 뭔지, 왜 특정 직업만이 내 꿈이라고 생각했는지, 그 꿈은 어디서 온 것인지, 그 꿈이 없어졌으니 내 인생은 정말 아무 의미가 없어진 것인지… 다시 결정을 하고 다시 선택을 할 수 있는 기회가 온 것일지도 모릅니다.

자의든 타의든 하고 싶은 일의 종류가 바뀌었나요? 그럼 다시 길을 떠나면 되겠네요. 하고 싶은 일이 없어졌나요? 그걸 찾을 방법도 보이지 않나요? 그렇다고 아무것도 안 할 수는 없나요? (아무것도 안 하고 몸 맘 건강하게 머무를 수 있는 강단이 있나요? 그건 대단한 능력입니다! 그런 당신의 인생은 걱정할 필요가 없을 듯요.) 그렇다면 내 대답은 '아닌 게 아닌 걸 하자'입니다. 정답을 딱 알면 좋겠지만, 아닐 땐 오답을 지워가는 것도 방법이니까요.

피치 못할 경우가 아니라면, 아니다 싶은 것을 구태여 할 필요는 없겠지요? 그리고 당장은 하고 싶은 뭔가가 딱 보이지 않는 경우에도 '절대 아닌 것', 그리고 '아닌 게 아닌 것'(예를 들어 '내 성격에는 영업직은 영 맞지 않는 것 같아')은 대부분 있을 겁니다. 그럼 그렇게 '아닌 게 아닌 것'을 하며 한 발 가보도록 하지요. 한 발 더 걸어간 길에서 보이는 풍경은 이전에 보던 풍경과 다른 풍경일 겁니다. 다른 것이 보이면, 우리는 다른 생각을 하게 될지도 모릅니다.

산 중턱에서는 그 너머 세상을 절대, 결코(이런 단어는 내 수업 '금지어'에 속합니다만) 볼 수 없지 않나요? 당연한 얘기지만 우리는 볼 수 없는 것을 볼 수 없고, 생각할 수 없는 것을 생각할 수 없습니다. 이것이 우리가 일단(!) 한 발 더 걸어야 하는 아주 논리적인 이유라 생각합니다. 우리가, 특히 젊은이들에게, 여행을 권하는 이유, 보다 넓은 세상으로 나가 많이 보고, 많이 듣고, 많이 느끼라고 하는 이유이기도 하겠지요?

갑자기 길이 사라졌나요? 길을 잃었다는 생각에 당혹스러운가요? 그럴 땐 앉아서 고민하지 말고, 일단(!) 걸으며 고민합시다. 절대 아닌 것은 아닌 것을 하면서! 어떤 새로운 것을 보게 될지, 어떤 낯선 경험을 하게 될지, 그래서 어떤 다른 생각을 하게 될지 현재로선 알 수 없지만, 그 고민은 미래의 나에게 남겨둘 몫이 아닐는지요?

삶의 방향에 대한 성찰의 끈을 놓지 않는다면 다른, 더 나쁘지 않은, 때로 더 좋은 다른 선택지가 눈앞에 놓일 거라 생각합니다. 막막한 마음으로 다시 길 걷기를 시작하는 이들에게 '걷고 있는 한, 길을 잃은 것은 아니다'는 문장을 손에 쥐어주고 싶습니다.

덧댐

'졸업 후 무엇을 하려 하나'는 질문에 '행복하게 살고 싶습니다', '착하게 살고 싶습니다', '누군가를 돕는 삶을 살고 싶습니다'라고 쭈뼛쭈뼛 말하는 젊은이들이 간혹 있습니다. '붕어빵 한국식 교육' 세례를 받고도 살아남은 이들입니다. 멋진 일입니다. 더 당당해도 됩니다. 어디에서 어떤 일을 하며 살든지 본인 삶의 중심에 대한 생각은 분명하게 갖고 있는 것 아닌가요?

대학생인 조카에게 40이 되었을 때 어떤 삶을 살고 있었으면 좋겠는지 물었더니 '무탈했음 좋겠다'고 하더군요. 잠시 잠깐 무탈이 희망이야 싶다가… 그 또한 참 좋은 희망이다 싶어졌습니다. 사실 매년 초 사람들이 서로에게 바라는 것, '무탈', 아닌가요? 오늘 무탈하고, 내일 무탈하고, 일 년, 십 년 무탈하면 됩니다.

무탈하게, 착하게, 행복하게, 다른 사람과 더불어 사는 삶을 살고 싶은 젊은이들을 지지하고 응원해주는 일, 그게 우리 사회가 할 일 아닐까 합니다.

# 진로 문제는
# 젊은이들만의
# 문제?

졸업생 A가 보내온 메일 중에 "요즘 또다시 진로 고민이 한창입니다. (아마 평생 하지 않을까 싶습니다^^;;)"라는 내용이 있었습니다. 동의합니다. 진로 고민은 실제로 평생 하는 것 아닌지요?

재학생들은 재학 중 진로를 확정 지어야 한다는 '강박'에 시달리고, 3학년 정도 되어서도 뭔가 명확한 것이 손에 잡히지 않으면 당혹스러워합니다. 그런데 졸업한 학생들을 보면 많이 다른 이야기가 펼쳐집니다.

어렵게 들어간 직장을 1~2년 다닌 후 퇴사와 이직을 고민하는 경우도 많고, 졸업 후 진로를 180도 바꾸는 학생도 적지 않습니다. 졸업 후 5~10년쯤 지나면 재학 당시에는 생각지도 못했던 삶의 자리에 서 있는 경우도 꽤 있습니다. 여전히 삶의 길은 변화 중이고, 단지 그들은 이제 그런 변화를 아주 조금은 이해하고 받아들이게 된 듯한 얼굴을 하고 있습니다.

　대학생 때 진로를 확정하지 못하면 뒤처진 것처럼 느끼고 불안에 시달리던 당시에 관한 짓궂은 질문을 해보면 답은 비슷비슷합니다. 어차피 생각하는 대로 다 되는 것도 아니고, 그렇다 해도 그게 결과적으로 항상 더 안 좋은 것도 아니었는데 그때 왜 그렇게 불안해했는지 모르겠다고요. 어떤 친구들은 그때 겪은 불안이 너무 힘들어 20대로는 다시 돌아가고 싶지 않다고도 합니다.

　그런데 이런 이야기를 듣는 재학생들은 '질풍노도의 시기'를 이미 건넌 선배들의 배부른 넋두리라고 생각하는 눈치입니다. 그렇겠지요. 그 학생들은 소용돌이 와중에 있으니 아무 소리도 들리지 않을 겁니다. (그런데 정말 미안하지만 이 시기만 지나면 모든 것이 다 잘, 이런 시나리오는 없다는 것, 그 정도는 이미 알지요?) 지금 뭔가 확정해야 하고, 그 결정이 자신의 인생 전체에 큰 영향을 미칠 것이라 생각하는데 딱히 손에 쥔 것은 없는 데서 유래하는 불안이 지배적인 정서입니다. 괜찮다, 괜찮을 거다 말해주고 싶지만, 누구도 대신 살아줄 수 없는 인생이라 그저 그 시기를 잘 건너가기를 옆에서 지켜봐 주며 응원해줄 수 있을 뿐입니다.


　그나저나 나도 요즘 한창 다시 고민 중입니다. 어떻게 나이 들어갈 것인가? 어떤 노년의 삶을 살아야 하나? 무엇을 하며 어디서 누구와 살아야 할까?

　노년이야말로 인생에서 진정 내가 하고 싶은 일을 하며 살 수 있는 시기라는데, '나는 무엇을 좋아하는지, 무엇을 잘하는지, 삶에서 내가 포기하지 못할 것은 무엇인지, 의미 있는 삶을 위해 중요한 것이 무엇인지' 등에 대해 스스로에게 다시 되물으며, 매일매일 새로 가보는 길에 대한 호기심과 두려움이 뒤섞인 하루하루를 삽니다.

이번 생은 처음이라, 는 제목의 드라마도 있었지만, 그렇지요, 우리 모두 처음 20대가 되고, 40대가 되고, 60대가 됩니다. 어떻게 살아야 하는지에 대한 고민은 평생 없어지지 않습니다.

학교에 재직하다 보니 이래저래 진로 상담을 자주 하게 되는 편이어서 학생들에게 어설픈 조언을 하곤 하지만, 얘기를 하다 보면 다 나 자신에게 하는 말처럼 생각되곤 합니다. 아니 진짜 그렇습니다. 사는 중에 우리는 누구나, 언제 어디서나 진로進路, 나아가는 길에 대한 질문 앞에 서 있으니 말입니다.

허니 진로에 대한 내 생각의 편린들은 그 누구에게 하는 이야기가 아닌 나 자신에게 하는 이야기라 해도 무방하겠습니다.


그리고 진로에 대한 고민은 마치 10~20대만 하는 것이고, 늦어도 30대에는 끝내야 한다는 생각이 있다면, 바로 그 생각부터 재고해봐야 하지 않나 싶습니다,

나아가는 길에 대한 고민은 '평생의 과업' 아니겠는지요? 그리고 그 시간은 의미 없이 헤매는 시간일 수 없습니다. 걷고 있는 한 아직 길을 잃은 것은 아니기 때문입니다. 만약 헤매는 시간이라면 우리의 인생 자체가 그런 것이겠지요…. 그저 묵묵히 살아낼 뿐입니다.

그런데 고맙게도 "아직 꿈을 찾고 있다면, … 그것은 당신이 새로운

삶의 찬란한 가능성을 포기하지 않았다는, 아름다운 내면의 신호탄"(정여울, 중앙 180818~19)이라고 말해주는 이도 있네요. 이 넘치는 응원을 덤으로 전합니다. 과용되어도 좋은 것 중 하나가 응원일 테니 말입니다.

# '원형질'이라는
## 것

    학생들과 이야기를 나누며 자연스레 '나는 어떤 아이였는지, 어떤 학생이었는지, 어떤 젊은이였는지' 돌아보게 됩니다. 그들을 통해 내 자신에 대해 많은 공부를 하는 셈입니다.

    그런 중에 '(사회적) 원형질'이라는 단어를 떠올리게 되었습니다. 문득 — 아주 어릴 때 기억은 잘 나지 않지만 — 최소한 10대 후반~20대 초반에 내가 가졌던 생각, 그때의 내 성격, 성향 등이 지금까지 거의 그대로인 것을 깨닫게 되면서 이 단어에 대해 깊이 생각하게 되었습니다.

    그것이 어느 정도 타고난 것인지, 어느 정도 길러진 것인지 정확하게 말하긴 어렵지만, 내가 그것을 원형질이라 지칭하는 이유는 '나라는 사람의 꼴을 형성하는 데 중요한 역할을 할 뿐 아니라, 상대적으로 변하기 어려운 특질'이라 여겨지기 때문입니다.

    이 원형질은 늦어도 10대 후반 정도 되면 윤곽을 갖추고 다른 사람들에게도 관찰되지 않나 싶습니다. 해서 20대의 경우 자신이 살아온 길만 꼼꼼히 잘 더듬어보아도 자신의 원형질을 어느 정도는 만날 수 있으리라 생각합니다. 주변 사람들에게 보이는 나의 모습도 있기 때문에 이야기를 들어보는 것도 좋겠지요.

나는 어떤 사람인가, 하는 생각을 막연하게 하지 말고, 내가 지금까지 해온 말과 행동들, 크고 작은 경험과 결정들, 다른 사람들이 내게 해주던 이야기들을 유심히 되돌아보는 겁니다. 마치 헨젤과 그레텔이 지나온 길에 남겼던 빵조각을 찾듯….

이를 '단서'라고 표현합니다. 어떤 친구들은 자신이 어떤 사람인지 잘 모르겠다고들 하지만, 사실 조금 더 유심히 살펴보면 우리는 매일매일 단서를 남기며 살고 있지 않은가 합니다. 내가 어떤 사람인지에 대한 단서요.


만났던 학생의 이야기를 잠시 해보면 그 친구의 원형질 중 하나는 ― 내가 관찰하기에는 ― '조금 느린 삶의 속도'였습니다. 말도 행동도 조금씩 늦었지요. 생각이 많아서이기도 한 것 같았는데, 어쨌든 현재의 한국 같은 자본주의적 삶의 시스템 안에 살기에는 조금 부적절해 보이는 캐릭터였지요. 그 친구의 또 다른 원형질은 아주 유순해 보이는 겉모습 안에 숨겨진 자기다움에 대한 고집 같은 것이었다고 기억합니다. 자기주장을 하기까지 시간이 좀 걸렸지만, 조금 늦더라도 결국(!) 자신의 이야기를 했습니다. 그런 방식으로 조금씩 조금씩 성장해가더라고요. 그런 모습이 참 예뻐 보였던 친구입니다.

그 학생이 재학 중 몽골에 교환학생으로 가게 된 것은 우연이었지만, 그 우연 안에서 학생의 원형질이 조금 더 자란 것 같습니다. 교환학생을 다녀온 이후 다시 — 그때는 자발적으로 — 몽골로 향했고, 그곳의 삶을 이어갔습니다. 몽골이 그 친구 삶의 중요한 전환점이 된 것은 분명해 보입니다. 계속 그곳에 살게 되든지 아니든지 말입니다.

그 학생이 얼마나 많은, 동일한 질문들을 받았을지 짐작이 되시나요? 그 질문은 바로 "왜 몽골이야? 몽골이 뭐가 그리 좋아서 또 가려고 해?"였습니다. 나도 처음에는 똑같은 질문을 하지 않을 수 없었습니다. 너무 식상한 질문이다 싶었고, 어찌 보면 어느 정도는 답을 알 수 있을 것 같았음에도 불구하고 말입니다. 그 친구는 예의 그 살짝 느리고 자상한 어투로 열심히 설명을 했습니다.

그 설명에 덧대 나는 몽골이라는 나라가 가지고 있는 평균적인 삶의 속도가 그 학생과 맞았을 것 같다는 생각을 했고, 다른 사람들의, 왜 하필 (미국도 유럽도 일본도 중국도 아닌) 몽골이냐는, 시선에 흔들리지 않을 수 있는 강단 또한 그가 갖고 있었기에 할 수 있었던 결정이었다고 생각했습니다.


그래서 나는 그의 선택이 꼭 몽골이었어야 했다고는 생각지 않습니다. 그것은 우연으로 시작된 인연이라 할 수 있습니다. 하지만 일단 교환학생을 가려고 했던, 원래 가려던 곳은 아니었지만 마음을 닫지 않고 일단 부딪혀 본, 그 정도의 적극성은 갖고 있었던 상황이 만든 결과이고, 그곳에서 자신의 원형질과 비교적 잘 맞는 뭔가를 만난 것이고, 이제 몽골은 이 친구에게 '하나의 필연'이 되어가는 중인 듯합니다. (참고로 나라면 몽골은 좀 아니었을 것 같습니다. 몽골의 겨울은 너무 길고 춥거든요. 나는 무조건 밝고 따뜻한 것이 좋은 쪽입니다. 삶의 모습을 만들어가는 데 있어서 그런 것도 무척 중요하지요. 이 친구요? 추운 거 무척 좋아합니다.)

진로라는 것은 좌충우돌하며 나의 '원형질'을 발견하고 찾아가는 길이기도 한 것 같습니다. 당신의 '원형질'은 무엇인가요?

# 원형질대로
## 사는 것이
## 더 좋은 것일까?

　나의 '원형질'을 성찰하는 것도 우리가 해야 할 중요한 일 중 하나이지만, 원형질대로 살아야 하는 것일까, 원형질대로 사는 것이 더 좋은 것일까라는 질문이 또 남습니다. 내 원형질이 마음에 들지 않을 수도 있고요.

　내 나름으로 원형질을 '나라는 사람의 꼴을 형성하는 데 중요한 역할을 할 뿐 아니라, 상대적으로 변하기 어려운 특질'이라 정의한 바 있습니다. 이 정의에 따르면 원형질은 바꾸기가 쉽지 않습니다. 생물학적 근원을 가진 것이건, 환경적인 근원을 가진 것이건 간에 말입니다. 물론 바꿀 수 있지요. 힘이 좀 든다는 말입니다. 때론 뼈를 깎는 노력이 필요할 수도 있지요.

　어지간하면 원형질대로 살 수 있는 삶의 방식을 선택하면 좋지 않겠나, 그리 권하는 편입니다. 일단 그 원형질이라는 것이 (유전적 요인이 있다

해도) 시간 안에서 형성된 것이라는 점에서 뭔가 나와 맞아서 살아남은 형질일 테니 그러하고, 장점이기만 한 원형질도, 단점이기만 한 원형질도 없다고 생각하기에 또 그러합니다.

장점은 어느 지점에서 단점이 될 수 있고, 단점은 어느 지점에서 장점이 될 수 있지 않을까요? 특정 원형질이 시간과 자리에 따라 장점이 되기도 단점이 되기도 한다고 봅니다. 연결해서 생각해보면 소위 '좋은' 또는 '나쁜' 원형질이 본래 있는 것이 아니라 어떤 시간 어떤 자리에 놓이느냐에 따라 좋거나 나쁘거나, 그럴 것 같습니다.

그렇다면 내 원형질을 군이 대단히 많이 뜯어고치는 것보다는 가능하다면 본인 원형질의 장점을 키워가는 방식으로 사는 것이 조금 더 쉽게(?) 행복해지는 방법 아닐까 합니다.

물론 자신의 어떤 원형질이 마음에 들지 않아 고치거나 바꾸고 싶다면, 그에 상응하는 노력을 해야 할 것입니다. 앞서 얘기했듯이 원형질이라는 것이 고정불변은 아니나, 오랜 시간에 걸쳐 형성된, 상대적으로 잘 고치기 어려운 것이기에 마음에 들지 않는다, 고치고 싶다는 생각만으로 바꿀 수 있는 건 아닙니다. 자신에 대한 냉정한 판단이 요청되는 부분입니다.

내 안에 내가 싫어하는 어떤 부분이 있다면, 그다음 질문은 그 부분을 고치고 싶은 내 마음이 얼마나 간절한지, 그것을 고치기 위해 다른 뭔가를 포기해가면서까지 지속적인 노력을 할 수 있는지, 내게 그런 일을 할 수 있는 끈기라는 원형질이 있는지, 끈기라는 원형질이 없다면,

그것을 만들어내기 위해 각고의, 말 그대로 뼈를 깎는 노력을 할 수 있는지 말입니다.

만약 누군가가 자신의 어떤 원형질을 마음에 들지 않아 하지만 그것을 고치거나 바꿀 만큼의 간절함이나 뚝심, 끈기 같은 것이 없다면, 그것이 만약 나 자신이라면, 나는 생긴 대로 사는 편을, 그 원형질을 '사랑스럽게' 만드는 쪽으로 마음을 먹을 것 같습니다.

원형질을 바꾸는 것이 보통 많이 어려운 일이기도 하거니와, 말했듯이 거의 모든 원형질이 장점이기만 또는 단점이기만 한 것은 아니고, 싫어하는 그 형질이 내게 남아 있는 나름의 이유가 있다고 생각하기 때문입니다. 게다가 자신의 원형질 그대로 빛나는 삶을 살 수 있는 가능성이 있는데, 어쩔 수 없는 경우가 아니라면, 자신에게도 주변에도 힘든 과업이 될 그런 수고를 군이 할 필요가 있을까요?


예를 들어 어떤 학생에게 방송사 일 같은 것은 절대(!) 하지 말라고 말하곤 했습니다. 그런 일은 무엇보다 순발력이 요구되는 직종이라고 생각되는데, 그건 그 친구가 가지고 있지 않은 특질 같았거든요. 비서 같은 일도 하지 않는 게 좋지 않을까 했지요. 그가 마음속에 꼭꼭 숨기고 있는 자신만의 고집이 더 꼭꼭 숨어버리지 않을까 해서요.

실제로 이 친구는 한때 학교에서 비서직을 수행한 적이 있습니다. 어땠냐고 물어보니, 사람들과의 관계도 아주 좋아서 괜찮았지만, 비서라는 근무환경 자체가 자신과 맞지 않는 부분이 있어 마음이 힘들었고, 계속 그리 살고 싶지는 않다고 하더군요. 누군가가 이 친구를 괴롭혀서 그런 것은 물론 아니고, 본인의 원형질에 잘 맞지 않는 일을 했었기 때문이었다고 나는 생각합니다.

다른 예를 들어보면 생각을 오래오래 해야 하는 사람이 굳이 매일 마감을 쳐야 하는 일간지 기자가 될 필요는 없어 보입니다. 그러면 본인도 조직도 많이 힘들지 않을까요? 그렇지만 동시에 생각을 오래오래 한다는 것 자체가 단점, 문제라고만 보는 것에는 나는 동의하지 않습니다. 월간지나 계간지 기자는 어떨까요?

바로 납니다. 일간지 기자 했으면, 아마 조기 은퇴했을 사람! 월간지도 힘들 것 같고, 계간지는 음, 한번쯤 그림은 그려봅니다. 썩 잘하지 않았을까 상상하면서.

원형질에 맞지 않는 일을 하면서도 물론 살 수는 있겠습니다. 하지만 그 형질이 자신에게 있어 굉장히 뿌리 깊은 어떤 특성이라면, 어쩔 수 없다면 어쩔 수 없겠지만, 그리 살려 노력까지 할 일은 아니지 싶습니다.


당신은 어떤 원형질을 갖고 있으신가요? 어떤 삶의 모습이 본인 원형질의 장점을 더 잘 키우는 방식으로의 삶이 되리라고 생각하시나요? 가능하다면 그런 방향으로 삶의 키를 잡으려는 궁리를 해보면 어떨까요?

# 나의 원형질:
## "9시에 출근하는 직장에는
## 안 다닐래요"

　학생들을 만나며 '나의 원형질은 무엇일까'라는 생각을 다시 하게 되었습니다. 그러면서 대학생이던 때의 나를 기억해냈습니다.

　"졸업하고 뭐 하려고 해?" 대학 다닐 때, 요즘 학생들과 마찬가지로, 나도 5만 번 들었던 질문입니다. 당시에 뭐라고 대답했었는지, 오래된 기억을 더듬어보게 되었습니다. 생각해보니 단 한 번도 뭘 하겠다, 이렇게는 대답해본 적이 없었던 것 같습니다. 뭔가 대답할 말이 필요하긴 했을 텐데…. 언젠가부터 "9시에 출근하는 직장에는 안 다닐래요", 이것이 내 대답이 되었던 것으로 기억납니다.

　그땐 잘 몰랐는데, 지금 생각해보니 참 탁월한 대답이었네요! 엉겁결에 한 말이었겠지만, 내 자신에 대한 나름의 통찰 비슷한 것에 기초한 대답이라 생각되기 때문입니다.

그 말을 잘 헤집어보면 내가 보입니다. 내 '원형질'이 보입니다. 우선 나는 아침잠이 참 많습니다. 지금도 그러니 수십 년 전에는 말할 것도 없지요. 학교도 겨우 다녔지요. 전형적인 야행성 인간입니다. 한때(특정한 책도 살짝 역할을 한 것 같긴 한데) 아침형 인간이 아니면 루저인 것 같은 사회적 분위기가 팽배했던 시기가 있어서 주눅이 들었었고, 아침형 인간이 되어 보려 아주 잠깐 노력을 해본 적이 있습니다만, 결과적으로는 도루묵이었죠. 이후 아침형 인간과 저녁형 인간 사이에 유전적 차이가 있다는 연구 결과도 나오고 하면서 부당한 죄책감 비슷한 것을 덜고, 지금은 당당한 저녁형 인간입니다.

또 하나 나는 아나키스트까지는 아니라도 조직 친화적 인간이 못 됩니다. (최근에 만난 어떤 화가분은 스스로를 '대중살이'가 안 되는 사람이라 하시던데, 뭐 비슷한 얘기인 것 같습니다.) 뭔가 짜인 틀에 대한 거부감도 심했(하)고, 더구나 그 틀 안에서 상명하복해야 하는 상황은 최악입니다. 이것도 예전이나 지금이나 별로 변하지 않은, 그런 의미에서 내 원형질의 하나라고 생각합니다. 그래서였을까요? 지금 생각해보니 졸업할 때가 돼서도 나는 취직이라는 것을 할 생각이 별로 없었던 것 같습니다. (정신적, 경제적 독립을 할 생각이 없었다는 것과는 다른 이야기입니다!)

실색하는 또 한 가지는 무한반복되는 느낌의 무료한 일상의 이미지입니다. 뭔가 계속 새로워야 하죠. 아주 작은 부분에서라도 말입니다. 가끔 주변 사람들을 기함하게 만드는 이유가 되기도 하지요. '끊임없는 쓸데없는 호기심'이 나를 표현할 수 있는 '마지막 단어Final Vocabulary(철학자 리처드 로티)'가 아닐까 생각할 정도입니다.

그런 내게 '9 to 5'의 일반 직장생활은 — 사실 경험해본 적도 없었으면서 — 생각만으로도 끔찍했던 것 같습니다. 똑같은 시간에 출근해서, 똑같은 시간에 퇴근하며, 계속 윗사람들에게 머리 조아려야 하는 그런 상황에 놓이기는 싫었습니다. 쥐뿔도 없으면서 말입니다. 어쩔 수 없는 상황이 아니라면, 내 발로 걸어 들어가고 싶진 않은 세계였지요.

취업이 별로 어렵지 않던 시절이었지만, 입사원서라는 것을 받아본 적도, 써본 적도 없네요. 만약 그때 프리랜서 개념이라는 것이 있었다면, 창업이라는 것이 하나의 옵션이었다면, 이런 생각을 지금에서야 해보지만, 그땐 그런 것에 대한 정보나 개념 자체가 없었기 때문에 내 삶의 가능성 안에 들어오지 못했습니다. 생각할 수 없는 것을 생각할 수는 없으니까요.

관련해서 또 하나 빼먹을 수 없는 것, '똥고집'이 있네요. 자기 생각이 분명한 편이고 고집도 센 편이죠. 억울한 일을 당하면 울음부터 터트리기 일쑤이지만(지금도 그렇습니다. 이것도 잘 안 변하네요.) 그렇다고 생각을 바꾸는 것은 아닌 경우가 많습니다.


떠오르는 오래된 일화가 있습니다. 부끄럽지만(아니 사실 부끄러워해야 한다고 들어왔지만, 실제로 그렇게 생각하진 않습니다.) 젓가락질을 제대로(보다 정확히 말하면 사람들이 제대로라고 말하는 방식으로) 못합니다. 어린 시절 어느 날, 아버지께서 상 위에 콩을 펼쳐 놓으시고 젓가락질 연습을 시키셨지요. 나는 닭똥 같은 눈물을 뚝뚝 흘리며 연습을 했지만, 결과적으로 지금도 내 나름의 젓가락질을 합니다. 어머니는 중요한 자리에서는 한식을 먹지 말라고 농을 하시곤 하지요.

그런데 성인이 되어 사회학 공부를 하던 중 문득 작은 깨달음이 왔는데, 나는 젓가락질을 못 배운 것이 아니라 안 배운 것이었습니다! 손가락에 심각한 문제가 있는 것도 아니고, IQ도 세 자리 숫자인데, 의지가 있었으면 배울 수 있었겠지요?

음, 나는 왜 꼭 사람들이 '제대로'라고 말하는 방식으로 젓가락질을 해야 하는지 동의할 수 없었던 것 같습니다. 지금 상태로도 내가 밥 먹는 데 아무 지장이 없는데, 왜 굳이? ("젓가락질 잘해야만 밥을 먹나요. 잘못해도 서툴러도 밥 잘 먹어요. 그러나 주위 사람 내가 밥 먹을 때 한마디씩 하죠. 너 밥상에 불만 있냐. 옆집 아저씨와 밥을 먹었지. 그 아저씨 내 젓가락질 보고 뭐라 그래. 하지만 난 이게 좋아 편해 밥만 잘 먹지. 나는 나예요, 상관 말아요요요"라고 DJ DOC가 2004년 흥겹게 노래하기 수십 년 전 일이네요.)

당시는 힘이 없으니 아버지가 시키는 대로 하긴 했지만, 마음속으로든 계속 뻗대고 있었던 겁니다. 아버지가 아침잠이 많은 내게, 일찍 일어나는 새가 어쩌고 저쩌고 하실 때는, 그땐 전기가 없었으니까요, 라고 웅얼거렸지요. 갈릴레오 갈릴레이는 아니지만 말입니다.

아무튼 결국 제대로 된 젓가락질을 안 배우는 데 성공했습니다! 내가 '나의 원형질'을 떠올릴 때 제일 먼저 머릿속을 스쳐 가는 일 중 하나입니다. (이어령 선생님이 들으시면 슬퍼하실지 모르지만 '젓가락 유전자'가 내겐 없는 것 같습니다.)


그러고 보면 '이게 싫다'는 것은 어려서부터 분명했던 것 같습니다.

김영삼처럼, 어릴 때부터 대통령이 꿈, 이런 건 아니었지만, 살고 싶지 않은 삶의 모습은 나름 선명했던 것 같네요. 그런 맥락에서 당시 대학원에 진학했던 것은 나한테는 '영 아닌 것은 아닌 것'이라는 기준에 의한 선택이었던 것 같습니다. 공부는 할 만했고, 할 수 있었고, 재미없진 않았으니까요. 매일 9시에 출근해야 하는 일도, 고정된 시간 빼박 근무를 해야 하는 것도 아니었지요. 자기 나름의 주장을 내세울 수 있는 그런 분야 중 하나이기도 했고요.

　지금 대학 선생을 하고 있습니다. 적어도 매일 9시에 출근해야 하는 것은 아닌 직장에 다니고 있네요. 조직은 조직이지만, 여타 조직에 비해서는 수평적이고 자유로운 조직이어서 그나마 나 같은 인간이 버틸 수 있는 것 아닌가 싶기도 합니다. 그리고 보면 우연히 흘러들어온 길 같지만…. 그나마 내 원형질에 아주 많이 어긋나지는 않는 길 위에 서 있습니다.

　물론 나는 대학 선생이 내가 할 수 있었던, 선택할 수 있었던 유일한 일이라거나, 운명이라거나 천직이라고는 생각지 않습니다. 나와 같은 원형질을 가진 사람이 영위할 수 있는, 영위할만한 하나의 선택지인 것 같긴 합니다. 물론 내가 재직하고 있는 학교가 국립대이니 형식상 공무원이고, 그건 정말 내가 자발적으로는 절대(!) 선택하지 않았을 직업군이니 좀 아이러니하긴 합니다.

　어떤 또 다른 삶을 살 수 있었을까요? 가끔 그런 생각을 합니다. 음… 기자? 아주 잠깐 희망 직업이었던 것도 같지만, 그건 뭐 모르던 시절의 정의감, 그런 것이었던 것 같고, 나중에 보니 조직의 밀도가 높고 업무 강도가 너무 센 것 같아 안 된 것이 다행이다 싶습니다.

의류나 생활용품 디자이너? 음… 그건 가능성이 좀 있어 보이네요. 한때 미대 지망생이었고, 각종 문화예술에 지대한 관심을 가지고 있고, 지금도 전공이 '문화사회학'이라 떠들고 다니는 것을 보면, 아마도요. 물론 거대한 조직이 아닌 작은 공방 같은 것을 하고 있지 않았을까 싶기는 합니다. 조직에 들어갔더라도 나왔을 것 같거든요.

지금 내 삶의 모습은 필연은 아니겠지만, 우연도 아니라고 생각합니다. 삶이란 원형질이 만들어낸 하나의(!) 경로성, 자기장磁氣場 안에 있는 것이 아닌가 싶기 때문입니다. 각본을 미리 써놓은 것은 아니었는데 돌아보니 내 삶도 그러했네요.

# 원형질은
# 변하기도 하겠지만,
# 그래도…

내가 생각하는 원형질은 고정불변은 아닙니다. 유전적으로 타고 나는 부분이 있겠지만, 상당 부분은 삶의 과정에서 만들어지는 것이니, 20대의 어떤 사람이 나의 원형질이라고 느끼는 부분 모두가 생물학적이지만은 아닐 겁니다. 변할 여지도 있겠지요.

다만 심리검사나 체질검사에서 들을 수 있는 이야기와 원형질 이야기가 닮아 있는 부분이 있다 싶어 잠시 언급해봅니다. 몇 년 전 MBTI 검사를 받은 적이 있습니다. 처음이었지요. 심리검사 같은 것에 별 관심이 없는 쪽에 가깝거든요. 그런데 학생들이 궁금해하길래 검사를 받았습니다. 학생들은 내 유형을 유추하고, 그것이 맞는지 확인받고 싶어 했습니다. 그 궁금증에 부응하느라 검사를 받았었지요. 물론 학생들이 생각하고 있던 유형과는 상당히 다른 검사 결과를 받아들었지만 말입니다. (이것도 매우 재미있는 경험이었습니다. 학생들이 나를 바라보는 시선에 대해 어느 정도 짐작할 수 있었거든요. '이성'만 있고 '감성'은 없는 사람? 이후 한동안 연구실에 찾아오는 사람들에게, MBTI 검사 결과의 유형을 보여주며, 내가 검사를 받는다면 어떤 유형이 나왔을 것 같은가를 묻곤 했지요. 대단히 흥미로운 사실을 발견할 수 있었습니다. 학부생, 대학원생, 동료 등 집단에 따라 유의미한 차이를 보였거든요. 결론? 나는 다중인 격자가 아닐까요? 거의 모든 다른 사람들처럼 말입니다!)

이야기가 조금 다른 길로 샜습니다만, 아무튼 그 검사를 받는 과정에서 들은 이야기가 기억에 남습니다. 사회에서 갈고 닦인 성인의 경우 검사 결과에서 나타나는 특질이 '원래적'인 특질인지 확인하기가 더 어려울 수 있다는 것이었습니다.

체질을 말해주는 한의원에서도 비슷한 이야기를 들은 적이 있습니다. 예를 들어 찬 음식은 내 체질에 영 맞지 않다고 생각하고 있었는데, 그 한의사분 말로는 내가 느끼는 부분이 원래 체질 때문이 아니라 몸의 상태가 좋지 않아서일 수도 있다는 겁니다. 현재의 상태가 체질에 영향을 미치는 부분이 있다는 것이지요.


원형질도 그런 부분이 있다 싶습니다. 살며 어느 정도는 변화되어가 겠지요. 가끔은 이것이 원형질인지 아닌지 헷갈릴 때도 있겠습니다. 그래도! 이건 아니다, 이건 절대 놓치고 싶지 않다, 싶은 건 잘 변하지 않는 것 같습니다. 그러니 내가 정말 택하고 싶지 않은 삶의 형태 또는 어떤 삶을 살더라도 절대 놓칠 수 없다고 생각되는 것을 알 수 있다면 삶의 방향을 정하는 데 있어 큰 도움이 되지 않을까요?

내게 있어서는 '9 to 5'의 삶은 절대, 결코 받아들이고 싶지 않은 선택지였던 것 같습니다. (뒤돌아보니 그랬다는 겁니다. 당시에는 거의 '동물적'으로 '자동적'으로 반응했던 것 같고요.) 만약 그때 내 머릿속에 프리랜서, 창업 등의 선택지가 있었다면 나는 지금 다른 길을 걷고 있을지도 모르겠습니다만, 암튼 당시 나는 내 생각의 지평 안에서 최소한 내가 정말 하기 싫은 것은 하지 않는 방향으로 내 삶을 끌고 가려 무의식적(?)으로 애쓴 것 같습니다.

좋은 것은 몰라도 싫은 것은 너무 분명했던 어린 나는 거의 '본능적'으로 그것을 알아냈습니다. 그런데 다른 많은 이들은 나보다는 '착해서' 어지간하면 맞추고 살지 않겠나, 생각하는 것 같기도 합니다. 그런 생각으로 이과도 가고, 전자공학과도 갔던 학생이 있었습니다. 원래는 사학을 공부하고 싶었다네요. 하지만 남자는…이라고 생각하는 부모님과 선생님의 뜻을 따라 진로를 바꿨었는데, 이 학생, 결국 사회학과로 전과를 했고 역사교육 복수전공을 했습니다. 해보고 이건 아니라는데, 부모님도 더 이상은 말리기 어려우셨던가 봅니다.

전과 이후 누구보다 열심히, 즐겁게 공부를 하는 그를 보는 것은 선생으로서 큰 기쁨이었습니다. 이건 아니야, 라고 박차고 나온 이는 자신이 어디로 가고 있는지, 무엇을 하고 있는지 잘 알고 있고, 그런 사람의 삶은 옆에서 지켜보는 이에게도 힘이 됩니다.

한 회사에서 잠시 일했던 졸업생은 그 경험을 토대로 '2년 동안 끝까지 본인의 원형질과 안 맞는 부분들이 뭔지 파악해낼 수 있어서, 앞으로 진로를 정하는 데 있어서 정말 이것만큼은 용납, 타협할 수 없다는 부분들을 찾아냈다'고 합니다. "예를 들면 상급자가 수시로 호출하거나, 동시에 여러 가지 일이 쏟아지거나, 상급자가 겪는 상황에 저까지 연루되어야 한다는 거요. 저는 제가 주도권을 가지고 시간을 관리하며 눈앞에 주어진 한 가지 일에 몰입하지 못하면 히스테리를 일으킬 정도로 싫어하더라고요"라고요.

'본능적'으로건, '아, 뜨거워'해 본 이후건 간에 적어도 이렇게는 살지 않겠다는 결정을 하게 되는 순간은 삶의 매우 중요한 분기점입니다.

원형질이라는 것이 고정불변은 아니지만, 내가 절대 받아들이고 싶지 않은 것이 무엇인지, 절대 놓치고 싶지 않은 것이 무엇인지를 알게 되는 순간이 '나로 사는 삶'을 시작하는 하나의 중요한 갈림길이 되지 않을까 합니다.

# 원형질에
# 딱 맞는
# 단 하나의 일?

　자신의 원형질에 딱 맞는 단 하나의 천직이 있을까요? 아무리 천직처럼 여겨지는 일이라 하더라도 모든 면에서 완벽하게 본인과 딱 맞는 직업은 아마 없지 않을까 합니다.

　물론 내 주변에도 단 하나의 직업을 천명으로 알고 매진하는 학생들이 있습니다. B도 그런 경우였지요. 입학 때부터 교사, 교사, 입에 달고 살았고, 졸업 후 몇 차례 임용시험에 낙방하면서도 곁눈질 한번 하지 않았습니다. (나는 단 한 번도 B처럼 악바리로 공부한 기억이 없어, 존경의 마음까지 가지고 있는데, 시험 운이 없었다는 말은 이 친구의 경우에 써야 하는 것 아닌가 싶습니다.) 기어이 선생이 되었고, 지금 교사 생활을 잘하고 있습니다.

　하지만 임용시험 공부 당시의 상황을 지켜보던 내겐 안타까움이 컸습니다. 다른 많은 곳에서 능력을 인정받으며 살 수 있을 것이라 믿었기에, 왜 꼭 교사여야만 하는 건지, 납득하기 살짝 어려웠고, 거듭된 실패가 그 친구에게 안겨주었을 상처의 무게를 생각하며 지켜보는 마음도 무거웠습니다. 다행히 B는 그 긴 시간을 건강하게 잘 견뎌냈습니다만, 나는 지금도 그 친구가 중간에 다른 선택을 할 수도 있었다고 보고, 그랬어도 여전히 잘살고 있었을지도 모른다고 생각합니다.

B처럼 어떤 경위에서건 단 하나의 직업에 꽂힌 경우가 아니라면(그에게도 실제로는 여러 다른 가능성이 있었지만, 스스로 닫은 것이겠지요.), '아닌 것은 아닌' 다양한 활동을 하면서, 자신의 원형질에 잘 맞는 옷을 찾아가는 시간을 갖는 것이 중요하다고 생각합니다.

내 인생 단 하나의 직업, 이런 경우는 오히려 드물지 않을까요? 나만 해도 선생이 천직이라고는 생각지 않습니다. 나와 같은 원형질을 가진 사람이 선택할 수 있었던 하나의 직업 중에 대학 선생도 들어갈 것 같지만, 그것이 운명이었다거나 최선이라고는(심지어 '나이 40이면 대학 강단에 서 있지 않을까'라는 '자기 예언'을 한 고2 때 글을 발견하고 깜짝 놀랐지만) 말하고 싶지 않습니다.

어릴 때 그림 공부를 했던 나는 한때 미대 지망생이었고, 지금도 가끔 아쉽게 생각합니다. 미대를 갔더라면 어떤 삶을 살았을까? 음, 잘 살았을 것 같습니다. 지금 생각으로는 의상이나 실내 디자이너 같은 일을 했었으면 좋았겠다 싶기도 합니다. 프리랜서적인 삶이나 창업 등의 가능성도 나의 청년기에 선택지로 주어졌었다면, 기꺼이 선택했을 가능성도 꽤 있다고 생각합니다.

그리고 화가나 디자이너가 되지는 못했지만, 여전히 각종 문화적 활동에 큰 관심을 가지고 있고, 전공을 '문화사회학'이라고 떠들고 다니며, 학생들과 문화 관련 공동작업을 하고 컨텐츠 만드는 일을 하고 있습니다. 딱히 화가, 작가의 활동이라고 할 수는 없지만, 문화라는 큰 울타리 안에서 관심사를 만들고 이어 나가고 있다고는 할 수 있을 것 같습니다.

이런 나의 삶의 모습은 여러 복합적 원형질에 의해 유도된 어떤 경로성 안에 있다 싶지만 필연은 아닙니다. 한 분야에서 명성을 쌓은 이들의 인터뷰에서도 자신의 삶을 운명이었다 표현하는 사람은 찾기가 어렵습니다. 시작은 우연이었다고 말하는 경우가 훨씬 흔하지요. 몇 가지 예만 잠시 보지요.

홍 많은 로봇공학자 데니스 홍 교수님은 어느 인터뷰에서 "네 가지 꿈이 있었는데 요리사, 마술사, 놀이동산 디자이너, 그리고 로봇공학자였다. 곰곰이 생각해보니 모두 다른 사람을 행복하게 해주는 거였다. 무엇보다 시각장애인이 내가 만든 차를 직접 운전하고(자율 운행 시스템이 아닌) 무사히 내렸을 때 그의 미소를 보는 순간 아, 이게 바로 행복이구나. 이들을 이렇게 행복하게 해줄 수 있다면 이걸 인생의 목표로 삼아도 되겠구나 싶었다"고 합니다.

마술사 이은결은 한 신문 인터뷰에서 "교실 안에서 있는 둥 없는 둥 존재감 없는 학생이었다. 내성적인 성격을 고치기 위해 중학생 때 마술을 시작했다." "마술을 하면서 달라졌다. 뭔가 특별한 사람이 된 것 같았다. 대학로 마로니에공원에서 길거리 공연을 하다 보니 내가 이렇게 즐거우면서 남도 즐겁게 할 수 있는 직업이 몇 개나 될까 싶더라"
고 했습니다.

국립현대무용원장을 지낸 현대무용가 안애순도 무대예술을 접할 기
회가 많았던 미션스쿨을 다니며 무용에 눈을 뜨게 된 과정, 체형 때
문에 그중에서도 현대무용을 선택하게 된 '다소 우연적인 과정'에 대
해 이야기합니다.

세 사람의 이야기를 들으며 나는 생각했습니다. 이들의 삶에서도 경
로성은 보이지만, 그 결과가 꼭 현대무용, 마술, 로봇공학이었어야 했
던 것은 아니었을 거라고요. 다만 세 사람 모두 '아닌 것은 아닌 것' 안
에서 움직인 것 같다고는 말할 수 있을 것 같습니다. 아주 명확하고 구
체적이진 않았다 하더라도 자신의 원형질의 자장 안에 있었던 것 같다
고요.

우리의 인생은 물론 100% 우연일 수는 없습니다. 어떤 유전자를 가
지고 어떤 환경에서 태어나고 자랐는지가 이미 조건화되어 있으니까
요. 그러나 원형질은 하나의 복합체. 특정한 원형질을 가진 사람에게
특정한 직업이 1 대 1로 자동연결되는 것은 아니라고 생각합니다. 그러
니 특별한 경우가 아니라면 특정 직업에 너무 매몰되지 말고, 나의 특
질과 어울릴 것으로 보이는 다양한 일들을 해보길 권합니다. 그 판단이
어렵다면 자신에게 '영 아닌 것'을 덜어내는 방식으로 방향성을 찾아가

도 좋을 듯요. 아닌 것은 아닌 그 무엇이라도 시도를 많이 해보면 좋겠습니다.

내 안에는 생각보다 많은 내가 있을 수 있고 나도 나에 대해 잘 모를 수도 있습니다. 혹시 아나요? 나중에 B가 나이 50이 되어 자신의 잠자고 있던 원형질 중 일부를 재발견해 엉뚱한 일을 하고 있을지도요. 충분히 그럴 수 있는 일이라고 봅니다!

자기 밥은 스스로 벌어야 합니다. 자기 인생의 주인이 되길 포기하지 않으려면 말입니다. 그런데 기왕이면 적어도 '아닌 건 아닌 걸' 하며 밥을 벌면 좋지 않을까요? 그게 단 하나의 직업이어야 하는 건 아닐 겁니다.

우리 사회 직업적 상상력의 빈곤과 현실의 고단함이 젊은이들에게 전이되는 상황을 보며 씁쓸함을 꾸역꾸역 삼키고 있는데, '출구는 하나뿐입니다', 우연히 지나던 고속도로 휴게소에 쓰인 안내 문구를 보고 가슴이 철렁 내려앉았습니다. 본인이 '옆으로 자라는 것 같아 걱정'이라는 학생의 글을 대했을 때도 뭔가 무너져 내렸습니다.

…

"젊은 그대들, 기성세대의 한 사람으로서 미안한 마음을 가득 담아 부탁합니다. 미래에 대한 부당한 불안감으로 현재의 삶을 저당 잡히지 말기를, 미래에 대한 무의미한 두려움으로 오늘의 삶을 제물로 바치지 말기를…."

그대들이 나의 미래이기에, 나는 그대들을 포기할 수 없습니다!

VI

미래에 대한 불안감으로 시달릴
젊은 그대들에게

# 미래에 대한
## 불안감으로 시달릴
## 젊은 그대들에게

   젊은이들, 아니 우리 모두는 불투명한 앞으로의 삶에 대해 걱정이 많습니다. 그런데 말입니다. 미래는 불확실해서 미래 아닌지요. 그것이 미래의 '본질' 아닐까요? 누구에게나 미래는 희망이기도 하고 불안이기도 한 이유일 겁니다. 대학생 둘 중 하나는 공무원 지망생이라 해도 과언이 아닐 우리의 현실은 미래에 대한 불안이 희망을 이기기 때문인 듯합니다.

   우리 사회 직업적 상상력의 빈곤과 현실의 고단함이 젊은이들에게 전이되는 상황을 보며 쓸쓸함을 꾸역꾸역 삼키고 있는데, '출구는 하나뿐입니다', 우연히 지나던 고속도로 휴게소에 쓰인 안내 문구를 보고 가슴이 철렁 내려앉았습니다. 본인이 '옆으로 자라는 것 같아 걱정'이라는 학생의 글을 대했을 때도 뭔가 무너져 내렸습니다.

우리 사회가 이 땅의 젊은이들에게 단 하나의 출구밖에 보여주지 못하는 것 아닌가, 무심한 휴게소 안내 문구가 하나의 알레고리처럼 느껴져 씁쓸했습니다. 우리 사회가 이 땅의 젊은이들에게 단 하나의 길밖에 보여주지 못하는 것 아닌가, 옆으로 자라는 것 같은 자신을 문제로 여기는 마음의 근원을 헤아리는 것은 뼈아팠습니다.

그러니 명색이 사회학 전공자로서 시대적 변화에 대한 성찰을 우선해야 하고, 젊은 친구들을 안정지향적으로 만드는 '구조'를 먼저 탓하는 것이 마땅하겠으나, 그럼에도 불구하고 젊은이들이 가졌으면 하는 자세와 태도, 했으면 하는 일과 하지 말아야 한다고 생각하는 일에 대해 한두 마디 보탤 이야기가 있지 않겠나 싶어 이 글을 쓰고 있습니다.

생각해보면, 누가 옆에서 무슨 소리를 해도 소용이 없고, 결국은 본인 스스로 경험하고 깨달아야 하는 것이구나 싶고, 막상 닥치면 다 해내게 되겠지 싶기도 합니다만, 그래도 소귀에 경 읽는 소리를 반복하는 이유는 명색이 선생이라 그러는 것이니 이해해주기 바랍니다.


앞서 미래의 본질에 대해 잠시 언급했지만, 우리는 미래라는 리스크를 피해갈 방법이 없습니다. 해서 보다 중요한 문제는 그에 대응하는 우리의 자세일 수밖에 없다고 생각합니다. 그런데, 불확실한 미래에 대처하는 우리 젊은이들의 방식과 태도는 어떠한가요? 리스크를 줄이는 방향으로 움직이는 경우가 많은 것 같습니다. 예컨대 다른 사람들이 많이 택하는 길을 따라 가는 방식으로, 취업에 직접 도움이 될 것 같지 않은 일은 하지 않는 방식으로….

이해가 되는 행동들이지요. 앞에서 잠시 암시한 대로 심지어 충분히 논리적이기까지 합니다. 그런데, 결정적인 역설은 이런 젊은이들을 기다리고 있는 학교 밖 사회가 원하는 건 사유의 그릇 자체가 충분히 큰 사람, 남다른 생각과 행동을 할 수 있는 사람, 다시 말해 '사고력과 표현력을 갖춘 인재', 나아가 '적극적이고 창의적인 인재'라는 것입니다. 그런데 적잖은 젊은이들이 택하고 있는 길은 '소극적이고 평범한 사람'이 되는 지름길이니 결과적으로 미래라는 리스크를 더 증폭시키는 일이 되는 것은 아닐까요?

눈앞에 보이는 리스크의 양을 최소화하는 것에만 몰두하는 것은 좋은 전략이 아닐 수도 있을 것 같습니다. 내 삶이 어떤 모습이었으면 좋겠는지, 어떤 사람이 되어 어떤 삶을 살았으면 좋겠는지, 그런 것에 대한 철학적 성찰까진 기대하지 않는다 하더라도, 취업을 하기 위해서라도 '적극적이고 창의적'이 되어야 하는 것이 오늘을 사는 젊은이들의 '운명'이기 때문입니다.


그런데 도대체 어떻게요? 오늘이 이미 미래인 것만 기억하면 어떨까요. 그러니 오늘만 잘 살면 됩니다. 오늘 우리가 하는 생각, 일상을 대하는 자세, 사람을 대하는 마음가짐… 삶을 바라보는 태도가 바로 우리의 미래일 수밖에 없습니다. 오늘 만나는 사람에게 마음을 다하고, 오늘 주어진 과제를 가능한 창의적으로 해결하려 노력하며, 오늘에 충분히 몰입하고 충실해야지 않을까요?

매일매일의 삶 안에서 우리의 미래는 이미 만들어지고 있기 때문입니다. 매 끼니 먹는 밥도 열심히, 성실하게, 감사하는 마음으로 먹는 것, 그것이 리스크를 줄이는, 미래를 '괴물'이 아닌 '요정'으로 만드는 진정한 비법이라 생각합니다.

E. L. 닥터로라는 소설가는 이를 "당신은 오로지 헤드라이트가 비추는 만큼만 볼 수 있지만, 그런 방법으로 여행지까지 다다를 수 있다"고 표현했답니다. 삶은 이렇게 한밤중에 어디로 가고 있는지 알 수 없는 상태에서 운전을 하는 것과 비슷합니다.(앤 라모트, 〈쓰기의 감각〉, 62쪽) 우리는 그저 오늘 할 수 있는 일을 할 수 있을 뿐입니다.(장거리 운전이 버거운 내게 그것을 가능하게 해주는 건 다름아닌 고속도로휴게소입니다. 300km를 운전할 엄두는 나지 않지만 30km 정도는 갈 수 있으니까요. 그래서 내 전략은 모든 휴게소에 다 들른다,입니다. 그렇게 300km 이상도 어떻게든 가게 되더군요.) 오늘 한 걸음을 걸을 수 있을 뿐입니다.

"다 아는데도 불안해서 어쩔 수가 없어요"라는 젊은이들의 음성이 쟁쟁합니다. 그 마음에 공감 못 하는 바 아닙니다. 그래도 내가 지쳐 더 이상 못하게 될 때까지는 잔소리를 계속하려 합니다. 나중에 내가 만났던 젊은 친구들이 "학교 다닐 때 이런 이야길 해주는 선생님 한 분이라도 계셨더라면…." 적어도 그런 소린 못 하게 하려고 말입니다. "그땐 선생님 이야기가 귀에 들어오진 않았지만 나중에 기억이 났어요. 다시 생각할 수 있는 계기가 되었습니다." 적어도 그런 소리라도 들어야겠기에 말입니다.

"젊은 그대들, 기성세대의 한 사람으로서 미안한 마음을 가득 담아 부탁합니다. 미래에 대한 부당한 불안감으로 현재의 삶을 저당 잡히지 말기를, 미래에 대한 무의미한 두려움으로 오늘의 삶을 제물로 바치지 말기를….” (다시 드는 생각인데, 이 모든 이야기는 나 자신에게 하는 말이기도 합니다.)

그대들이 나의 미래이기에, 나는 그대들을 포기할 수 없습니다!

덧댐

“뭘 해야 할지 여전히 잘 모르겠으면, 우선 지금 하고 싶은 일을 합시다. 지금 하고 싶지 않은 일을 하지 맙시다. 만약 내일 다른 일을 하고 싶어지면 그 일을 하도록 하지요. 그렇게 매일매일 하고 싶은 일들을 열심히, 재밌게 했는데도 밥을 굶게 되거든 언제든지 오길요. 밥은 먹게 해줄 테니.” 내가 학생들에게 하는 말입니다.

담대하게 이런 ‘뻥’을 칠 수 있는 이유는 물론 그럴 일이 없을 것이라 믿기 때문입니다. 오늘 내가 좋아하는 일을 재밌게 했고, 내일 내가 좋아하는 일을 열심히 했는데, 굶어 죽게 되는 일도 쉽지는 않을 것 같거든요. 이런 하수상한 시절에도 말입니다.

# 이래도 불안, 저래도 불안,
# 그래도 공무원? 그런데…
# 개인의 안녕이 가장 중요한 공무원?

진로를 찾아가는 여정에 선 많은 젊은이의 불안감은 보편적입니다. 다수의 길은 아니지만 본인 마음의 소리를 따르기로 결정한 이들은 그들대로 불안합니다. 잘할 수 있을까? 혹시 잘못된 선택은 아닐까? 많은 사람이 가는, 예를 들어 공무원이 되는 길을 가기로 결정한 이들은 그들대로 불안합니다. 턱없이 높은 경쟁률은 물론이고, 적어도 말로는 창의적 인재를 높이 평가하는 세상에서 혹시 '젊은이스럽지 않은 결정'이라고 보여질까 지레 주눅이 들기도 합니다. 이래저래 불안한 젊은이들을 옆에서 지켜보는 선생 마음도 불편하기 짝이 없습니다. 이런 상황이 물론 그들의 책임일 수 없고, 사회적으로 해결되어야 할 과제일 수밖에 없음을 잘 알고 있습니다.

그러나 젊은이들에게 한번 같이 생각해보자고 권하고 싶은 문제가 있습니다. 어떤 문제가 구조적 성격을 가진다 해서 구성원인 우리가 그 문제에 대해 성찰할 필요가 없다는 것은 아닐 테고, 우리가 해야 하고 할 수 있는 어떤 일도 없음을 의미하는 것은 아니기 때문입니다.

함께 성찰해보고 싶은 문제는 젊은이들이 공무원이 되길 원하는 이유에 대한 것입니다. 누구를 비판하기 위해서도, 사회구조적 문제를 외면하고자 함도 아니니 편견 없이 한번 같이 생각해 봐주기를 부탁합니다.

수많은 젊은이가 공무원을 꿈꾸며 몇 년씩 시험에 매달리는 나라. 공무원을 꿈꾸는 가장 중요한 이유가 개인의 안정적 삶인 나라. (두 번째 이유는 아마 나이, 성별 등 다른 조건들과 무관하게 시험만으로 임용이 된다는 사실, 그래서 그나마 공정하다고 생각되는 그 부분이 아닐까 합니다. '기계적 공정'에밖에 기댈 곳이 없다는 것은 안타까운 일이 아닐 수 없습니다.) 부정하기 어려운 대한민국의 오늘입니다. 공무원 경쟁률은 매년 최고치를 갱신할 정도이고, 공무원 수험생들의 비경제활동으로 인한 손실이 지난 16년도에만 17조 원에 이른다는 신문 기사를 본 적도 있습니다.

사실 안정된 삶을 꿈꾸는 것이 무슨 잘못이겠는지요? 어느 누구도 감히(!) 이 젊은이들을 비난하기 어려울 겁니다. 이들의 선택은 사회로부터 강요된 부분이 크기 때문입니다. 감당하기 어려운 미래에 대한 불안감이 젊은이들의 오늘을 갉아먹고 있다고 생각합니다. 이 사회 기성세대의 한 사람으로서 젊은 세대에 대한 안쓰러움을 느끼지 않을 수 없습니다.

그러나 사회가 그러니 어쩔 수 없는 일, 각자도생各自圖生하며 그렇게 사십시오, 이렇게 말하고 마음을 접어버리기는 또 어려운 일입니다. 이미 충분한 짐을 지고 있는 젊은이들에게 부당하게 들릴지는 모르겠으나, 그것을 각오하고도 말하지 않을 수 없습니다.

비유적으로 말해보자면, 배 전체가 가라앉고 있는데, 그 상황 속에서 개인의 안전은 어떤 의미가 있을까요? 몇 분이라도 더 오래 살아남아 구조의 가능성을 몇 %라도 높이는 것? 그 이상의 의미가 있을까요? 사회 전체가 거친 풍랑을 거치며 가고 있는데, 구성원인 나/우리만 안전할 방법, 그런 것이 존재는 할까요?

그리고 더 날선 질문을 해보자면, 이런 절체절명의 상황에서 나/우리의 안녕을 제일 우선으로 하는 사람들만 살고 있다면, 심지어 말 그대로 공무公務에 종사하는 사람인 공무원들조차 그런 사람들로 가득하다면, 당신은 그런 나라에서, 그런 사회에서 살고 싶으신가요?

나는 아닙니다. 많은 젊은이가 개인의 안정된 삶을 목표로 공무원이 되길 원하는 간절함을 모르는 척할 수 없고 그 사회구조적 이유를 모르지 않으나, 그럼에도 그런 공무원들로 가득한 나라에서, 나는 살고 싶지 않습니다. 살 수가 없습니다. 그런 나라에서 내가 안심하고 노인이 되어도 좋은지 의심합니다. 젊은이들에게도 묻지 않을 수 없습니다. 그대들은 그런 나라에서 살고 싶습니까? 그리고 그런 나라가 '나라다운 나라', '좋은 나라'라고 생각하는지요?

그러면 나/우리는 나/우리 자신의 안녕을 위해 공무원이 되길 원하지만, 다른 사람들은 공익公益을 위해 사는 공무원이 되길 바라면 될까요? 그건 말도 안 되는 얘기라면 도대체 우리는 어떤 나라에서 살아야 하는 겁니까?

군이 종교적 의미까지 덧대지 않더라도 내가 하기 싫은 일을 다른 사람에게 요구하는 것은 정의롭지 않다는 사실을 부정할 수 없다면, 우리가 '자신의 안녕을 우선하는 공무원이 가득한 사회'에서 살지 않을 방법이 없다는 것을 깨끗이 인정하는 것밖에는 방법이 보이질 않습니다.

대단한 공의公義를 요구하는 것은 아닙니다. 개인에게 사회를 구하는 히어로가 되라고 요청하는 것도 아닙니다. 그럼에도 불구하고 특정 사회에 살고 있는 나/우리도 사회의 구성원으로서 이 사회의 모습에 최소한의 책임을 갖고 있다는 사실을 기억한다면, 그리고 내가 살고 싶지 않은 어떤 사회의 모습이 있다면 나/우리도 뭔가는 해야지 않을까요? 지금 나는 내 방식대로 그 뭔가를 할 아주 작은 용기를 내고 있습니다. 아무리 조심스럽게 얘길 해도 욕먹을 얘기가 되지 않을까 싶지만 말입니다.

… 젊은 친구들에게 미안합니다. 미미한 개인인 내가 미안해한다는 것이 무슨 큰 의미가 있겠습니까만은, 그래도 미안합니다. 그대들이 지고 가는 무거운 짐, 덜어주지는 못할망정 머릿속만 복잡하게 하는 것 같아서… 그래도 이런 상황에 대한 성찰. 우리 모두 피해갈 수는 없다 싶어 애써 마음을 내봅니다. 아무것도 하지 않으면서, 우리 사회가 더 좋은 사회가 되길 바랄 염치는 차마 없어서 말입니다.

젊은이들에 대한 미안함과 안쓰러움과는 별개로, 어떤 특정한 세대가 특별히 더 힘들다는 견해에는 동의하기 어렵습니다. 어려움의 종류와 조건이 다를 뿐, 각 세대 모두 그들에게 충분한 짐을 지고서 세월을 건너왔지 싶습니다. 물론 그 세월을 잘 건너왔는지에 대해서는 평가가 필요하겠지요.

그런 의미에서 기성세대에 대한 문제 제기, 사회구조에 대한 비판, 충분히 합시다. 그러나 잊지는 맙시다. 젊은 그대들의 오늘도 내일 평가의 대상이 되리라는 것을요. 그대들은 어떤 세대로 평가받고 싶은가요? 앞세대들이 이러저러해서 무엇을 하지 못했다는 세대로 기억되길 원하나요? 그럼에도 불구하고 새길을 열었다는 세대로 기억되고 싶은가요?

# 어쩌다 직업?!

이 글을 보는 '어른들'에게 여쭤보고 싶네요. 혹시 젊은 시절 꿈꿨던 직업을 갖고 있으신가요? 물론 그런 분들도 있으시겠지만, 아닌 분이 더 많을 거라는 데 한 표, 던지겠습니다. 지금 갖고 있는 직업은 어떤 경로로 얻으셨는지요? 그 직업은 필연이었나요?

주로 직장생활을 하시는 분들이 많은 야간 정책대학원 수업 시간, 10년 전에 오늘 지금 여기에 있을 거라고 아셨냐, 계획했던 딱 그대로 살아오셨냐는 질문을 한 적이 있습니다. 상당수가 전혀 상상할 수 없는 일이었다고 하시더군요.

계획대로만 살아온 사람, 있을까요? 아마 없지 싶습니다. 여행 경험에서 미루어 알 수 있듯이 아무리 치밀한 계획을 세워도 그대로는 어렵지 싶습니다. 그래서 계획이 필요없다, 계획을 세우지 말라고 말하려는 것은 아닙니다. 꼼꼼한 계획은 때로 또는 자주 많은 도움이 되고, 적어도 심리적 안정감을 줄 테니까요.

다만 그 어떤 경우에도 계획대로 되지만은 않더라는 경험은 우리 모두 거의 공유할 거라 믿습니다. 직업의 경우에도 많은 사람이 아마 '어쩌다 직업' 아닐까요?

많은 유명인도 인터뷰에서 자신의 오늘이 수많은 우연으로 이루어져 있음을 말합니다. 방송에서 친구 따라 그냥 재미삼아 봤던 오디션에서 친구는 떨어지고, 본인은 붙었다는 식의 이야기, 길거리 캐스팅 이야기 등 많이 들으시지요? 유명한 건축가 중 여럿은 미대를 가고 싶었으나 꿈을 이루지 못하고, 그래도 그와 제일 비슷해 보이는, '그림 그리는' 건축과를 갔던 경험을 이야기합니다. 마치 외상외과를 위해 태어난 사람 같은 아주대 의대 이국종 교수님 같은 경우에도 외상외과가 뭔지도 모르는 채 우연한 경로를 통해 발 들여 놓게 되었다고 하더군요.

한고집하고, 한주장하는 나도 생각해보면 '어쩌다파'에 속합니다. 한때는 미대를 가고 싶었고, 한때는 초등학교 교사가 되겠다고 했었지요. 단순하죠, 뭐. 어려서부터 그림을 그렸고, 그림 그리는 것을 좋아해서 미대에 가고 싶었고, 어린아이들을 좋아한다는 이유로 초등학교 교사가 되고 싶었던 같습니다만, 어머니의 심한 반대로 두 번의 좌절을 겪었습니다. (관련한 이야기는 아마 다른 곳에서 할 기회가 있을 겁니다.)

결국 일반대학을 가게 되었고, 대신 과 선택권을 얻었지요. 사회학과에 진학하게 된 것도 살짝 우연입니다. 사회적 관심이 많았던 것은 사실이나 사회학에 대해서는 — 요즘 고등학생들과 마찬가지로 — 잘 몰랐고, 그저 들었던 풍월에 의거, 기자 = 신문방송학과, 이런 도식적 사고를 하고 있었는데… 당시 언니의 남친을 통해 우연히 보게 된 사회학 소책자에서 사회학은 사회과학의 기초학문이다, 인문학으로 치자면 철학, 자연과학으로 치자면 수학이나 물리학 같은 성격을 갖는다는 내용의 글에 꽂혔던 것 같습니다. 오, 기초, 기본, 뿌리! 그렇다면 그걸 해야지, 라고 생각했던 것 같네요. (뿌리를 캐려는 이 성정 또한 내 원형질의 하나라고 생각하고 있습니다.) 그렇게 사회학과에 원서를 내게 되었는데, 어쩌다 사회학 선생까지 하고 있네요.

그런데 우리는 왜 젊은이들의 인생은 확정지어 주지 못해 안달하는 것처럼 보일까요? 지금의 어른들이 살아온 세월보다 훨씬 더 변화 속도가 빠르고 유동성이 많은 시대에 사는 젊은이들에게 말입니다. 관심이고 애정이겠지요. 그들은 안정적 삶을 살았으면 하는 기대겠지요. 하지만 지나온 우리의 삶은 그건 불가능하다고 말해줍니다. 어른들이 그랬듯, 젊은이들도 사는 동안 몇 번 몇십 번의 자발적인 비자발적인, 크고 작은 진로 변경을 하게 되겠지요. 그리고 우리는 압니다. 예상 밖의 상황으로 점철된 인생은 때로 좋았고 때로 나빴다는 것을. 예상대로 인생이 흘러갔다 해도 그것이 꼭 더 좋았을지는 장담할 수 없다는 것을.

초등학교 때부터 대통령이 목표였다는 김영삼 전 대통령이 있고, 교사, 교사 노래를 부르다 7전 8기로 결국 교사가 된 제자도 있지만, 나 같은 '어쩌다파'가 절대 다수가 아닐까 하는 짐작을 해봅니다. 우리의 인생 자체가 많은 경우 '어쩌다' 아니겠는지요. 그러니 젊은이들의 '어쩌다 인생'을 조금 더 너그러운 마음으로 지켜봐 줘도 좋지 않을까요? 아니 살짝 모험적인 길을 가봐도 괜찮다고 응원해줘도 좋지 않을까 합니다. 불확실함을 확실함으로 바꾸는 능력이 아니라 불확실한 세상을 잘 살아갈 수 있는 능력이 무엇보다 중요해진 세상이니 더구나요.

덧댐

그리고 말입니다. 막내 방송작가, 유통회사 홍보직원, 잡지사 기자를 거쳐 고향에서 작은 갤러리를 운영하며 예술경영대학원에 진학한 지인이 이리 말해주더군요. 당시엔 힘들어 그만 둔 어떤 일은 지금 생각하면 참고 더 해 볼 걸 싶기도 하고, 어떤 일은 그저 간신히 버티며 한 일이었지만, 약간의 후회를 포함하는 그 모든 경험이 지금의 자신에게 도움이 되고 있다고, 그렇지 않은 경험이 없다고요. 그 지인 뿐 아니라 내가 만난 수많은 이들이 마치 서로 짠 듯 입을 모아 그리 말합니다. 그리고 나 또한 그렇다, 고 말할 수밖에 없네요. 법칙으로 증명된 것은 아니나 이 경험칙, 오늘도 선택의 불안을 견뎌야 하는 우리 젊은 이들을 위해서라도 한번 믿어보고 싶습니다.

# 아니라 생각되는
# 길을 가는 학생을
# 더는 말리지 않는다

초짜 선생일 때는 학생들을 내 생각에 옳은 방향, 내 생각에 학생한 테 맞는 방향으로 유도하려는 노력을 많이 했던 것 같습니다. 다른 방향으로 갔을 때 학생들이 치러야 하는 '비용'을, 줄여주고 싶은 '좋은 마음'에서였지요.

그러다 어느 순간, 문득 알게 되었던 것 같습니다. 어떻게든 치러야 하는 비용이 있다는 것을. 그리고 그것이 필요하다는 것을. 이후로는 노력 중입니다. 말리고 싶은 마음을 참느라 애쓰는 중입니다.

자율전공부에서 2학년이 되며 경영학부로 진학했던 C는 나랑 1학년 1학기 교양수업에서 우연히(?) 만났던 학생입니다. 내 경험으로는 1학년 학생들이 1학기 때는 학과에서 짜주는 예시 시간표를 거의 대부분 따르는 것 같습니다. 대학생이 되면 이제 맘대로 시간표를 짤 수 있다고 알고는 있었을 것이지만, 필수교양도 있고, 정보도 많이 없는 데다, 1학기 때는 모두 같이 수업을 들으며 친해질 필요가 있다는 선배들의 말도 그럴듯하게 들리지 않았을까 싶네요. 그래서 결과적으로 1학년 1학기 때 '나홀로 수업'을 적극적으로 찾는 학생들은 안타깝게도 별로 없습니다.

C는 그런 학생이었지요. 자발적으로 나홀로 수업 찾기에 나선. 그러다 어쩌다 내 사회학개론 수업에 들어온. 그런 학생은 눈여겨보게 되지요. 워낙 사회학과 1학년 학생들을 위한 수업이었어서 다른 학과, 다른 학번 학생들에게는 가능하면 다른 분반 수업을 수강하길 권했지만, 다른 과에서 온 몇몇 1학년 학생들에게는 수강을 허락(?)했습니다. 사회학과 1학년생들에게도 자극이 될 수 있을 거라는 기대를 했었습니다. 그를 비롯한 타과 1학년 학생들은 내 기대를 저버리지 않았습니다. 사회학 전공을 해도 훌륭하게 잘 해낼 것 같은 친구들이었지요. C는 2학기에도 내 수업에 왔었지만, 그땐 땡땡이를 꽤 쳤습니다. 학보사 기자 생활이 바쁘기도 했다 하고, 나름의 방황도 있었다네요.

2학년이 된 C, 그래도 평점은 괜찮았던 모양인지 경영학과에 진학하려 한다는 풍문이 들려왔습니다. 나랑 꽤 가깝게 지냈는데, 경영학과 진학 시 나한테 상의를 하진 않았습니다. 아마도 반대 의견을 낼 거라 생각해서였을까요? 암튼 예전 같았으면, 아마 불러다 놓고 "그건 그대한테 잘 안 어울리는 선택 같아"라는 어쭙잖은 조언을 했을 텐데, 참았습니다. 물론 그 친구가 경영학과에 가면 힘들지 모르겠다는 생각이 들었지만(거의 확신), 가보고 스스로 경험해보고, 판단, 결정할 일이라 여겼지요. 다시 다른 결정을 하게 되더라도, 가본 길에 대한 경험을 바탕으로 보다 큰 확신을 가지고 새로운 결정을 하게 될 힘을 얻게 되리라 믿었습니다.

경영학과를 간 C는 얼마 지나지 않아, 나를 찾아왔습니다. 이건 아닌 것 같다며. 경영학 수업에 앉아 있으면 '나는 누구, 여긴 어디'라는 생각이 든다 했습니다. 그러더니 덜컥 사회학과로 전과를 하겠다고 선언을 하더군요. 그래서 되려 말렸습니다. 천천히 해도 늦지 않다고. 이런 저런 다른 과들 수업도 들어보고 하면서 조금 나중에 결정해도 된다고. 그런데 이번에도 서둘러 전과를 하더군요.

그 이후에는? 학교에 잘 다녔고 졸업도 했습니다. 아니 학교만 다녔던 것은 아니고, 여기저기 잘 쏘다녔습니다. 사회적 경제 등에 대한 관심으로 전북대에 교환학생을 갔다가, 완주에서 공동체 활동에도 참여했었고, 지금은 도시 재생 관련한 일을 하는 직장에 다닙니다. 언제 어디로 튈지 모르지만 C는 즐겁게 행복하게 헤매며 성장하는 중이고, 나는 그의 내일을 의심하지 않습니다.


평균적인 어른 생각에 잘못된(?) 길, 돌아가는 길을 가는 것처럼 보이는 학생이나 자식. (물론 반사회적인 범죄 같은 것을 얘기하는 것은 물론 아닙니다.) 말리고 싶은 마음, 굴뚝일 수 있으나, 가능하다면 지켜보시길 권합니다.

어떤 편이 더 '좋은' 결과를 낳을지는 누구도 모릅니다. 하지만 내 경험상 치러야 하는 비용의 총량은 있는 것 같습니다. 이러거나 저러거나 치르게 되는 비용이 있다는 겁니다. 더 중요한 것은 본인이 직접 경험하고 직접 결정하는 과정의 힘입니다. 그 과정을 직접 살아내야 다음 걸음에 영혼이 실립니다. 내 삶을 살게 됩니다.

　돌아보면 나도 수업료를 많이 치렀고, 지금도 치르는 중입니다. 그 대가로 내 삶을 내 삶이라 주장할 최소한의 권리를 얻었다 생각합니다. 아쉽지만 수업료를 지불하지 않는 성장은 없는 것 같습니다. 누군가가 대신 지불해줄 수 있는 것도 아닙니다. 내 밥 내가 먹어야 내게 살이 되고, 내 수업료는 내가 내야 내 배움이 됩니다.

　시인의 말처럼 냉이꽃 한 송이도 내 속에서 거듭나야 합니다. 내 속에서 거듭난 것들만이 모여서 "논둑 밭둑 비로소 따뜻하게"(도종환) 할 수 있습니다.

## '용감한'
## 선택

'용감한' 선택을 하는 학생들이 있습니다. 아니 적잖은 어른들이 보기에는 '무모하고 어리석은' 결정으로 보일지도 모릅니다.

예를 들면 D와 E가 그런 이들입니다. D는 전자공학과로 입학했으나 사회학과로 전과를 했고, E는 다른 대학 간호학과를 다니다 재수를 해서 사회학과에 입학을 했습니다. 전자공학과도 간호학과도 취업률 최상위권 학과들이니 어른들뿐 아니라 또래 친구들도 의아하게 생각할 결정이었을 겁니다. 세상을 바꾸는 대단한 결정은 아니라 해도, 본인들에게는 꽤 고민스러웠던 결정이었을 거라 생각합니다. 스스로의 마음은 확고했더라도, 아마도 주변으로부터 충분한 지지와 응원을 받지 못했을 결정이었기에 더 쉽지 않았을 거라 짐작합니다.

그렇기에 대단한 친구들이라 생각하는 것이고, 나라도 지지와 응원을 보내주고 싶은 겁니다. 충분한 지지와 응원을 받지 못했을 때는 다

그만한 이유가 있는 것이 아니냐, 당신이 취업 책임이라도 질 거냐, 뭔 근거로 용감하니 마니 하느냐, 는 소리들이 들려오는 듯합니다. 맞습니다. 나는, 이들 삶은커녕 취업, 책임 못 집니다. 그러나 한 가지는 자신 있게 말할 수 있습니다. 이 학생들, 내가, 또는 나 아닌 누가 대신 책임 져주지 않아도 잘, 아주 잘 살 겁니다! 내기하셔도 좋습니다!

누구나 축하해주는 그런 결정, 물론 보기 좋고 듣기 좋습니다. 하지만 그런 결정은 때로 본인의 주체적인 결정이 아닌 경우가 있을 겁니다. 남들이 좋다니까, 좋겠지, 그런 마음으로 하는 결정일 가능성이 있지 않겠는지요. 하지만 많은 이들이 반대하는 일을 결정할 때는 보다 진지한 성찰의 시간을 보내야 할 수밖에 없습니다. 논리적으로 그렇습니다! 자신의 입장을 설득력 있게 제시해야 하니까요. 모두가 Yes라 할 때 같이 Yes를 하는 사람은 그 이유를 대지 않아도 됩니다. 하지만 No라고 말하는 사람은 그 이유를 말해야 하는 겁니다.

나는 이들이 그런 성찰의 시간을 거쳐 왔으리라 짐작합니다. 그러면서 단단해졌겠지요. 그런데 다 Yes라는데 No라고 말하는 선택이 꼭 더 나은 선택이라는 확신이 있냐고요? 아니오. 없습니다. 이 친구들이 나중에 자신의 결정을 후회할 가능성은 없을까요? 그 질문에 대한 대답도 역시 아니오, 입니다.

그렇습니다. 내가 이 학생들의 결정을 지지하고 응원하는 이유는 그것이 더 '좋은' 선택이라는 믿음 때문이 아니라, 이들이 지금의 결정을 결코 후회하지 않을 것이라는 확신 때문이 아니라 그 결정을 해낸 그네들을 믿기 때문입니다. 자신이 지불해야 할 대가가 있다는 것을 알면서도, 자신의 뜻을 살아낸 이들은 다른 삶의 자리에서도 그렇게 뚜벅뚜벅 자신만의 길을 만들어 가리라 믿기에 나는 이들의 미래 걱정 1도 안 합니다.

그리고 이들의 결정은 경험에 기초한 것이라 더 힘이 있습니다. D는 본인이 문과 성향이라고 생각하고 있었지만, 부모님과 선생님들의 조언대로 이과를 갔고, 전자공학과에 입학을 했지요. 뭐 웬만하면 할 수 있으리라 생각했을 겁니다. 그런데 아니었던 거지요. E도 간호학과가 졸업하기도 전에 취업이 되는 과라는 것을 알았을 테고, 어지간하면 버티고 싶었을 겁니다. 막연히 생각만으로 그런 것이 아니라 둘 다 경험을 통해, 이건 아니다, 라는 결정을 내리게 된 것이니, 아마 부모님들도 존중하지 않을 수 없었을 것이라 생각합니다.

당장은 주위의 지지와 응원을 받지 못하는 결정일지라도, 자신의 목소리로 어떤 결정을 내릴 수 있는 사람이라면, 설사 나중에 그 결정을 바꾸게 되거나 후회하게 되더라도, 분명 그 안에서 많은 것을 배웠을 테고, 성장했을 겁니다. 그러니 그런 젊은이를 보게 되시거든, 그 결정의 내용에 대한 동의 여부를 떠나 그런 태도를 평가해주셨으면 합니다.

그 젊은이들은 "남에게 물어가는 1만 보" 대신에 "내가 걷는 단 한 걸음"을 걷기 위해 "방황이 아닌 탈주"(고미숙, 《조선에서 백수로 살기》, 199쪽)를 이제 막 시작한 것이니 말입니다. (참, 내가 혹여라도 이 학생들이 사회학과로 전과를 해서 잘했다고 칭찬하는 거라는 식의 오해는 하지 않으시리라 믿습니다.)

# 늘 "아직 잘 모르겠어요"라는
## 멋진(!)
## 친구들

"다음 학기에는 뭐 하려고 해?", "교환학생 다녀오고 나서 계획은?" 우리는 늘 미래를 묻습니다. 미래는 불확실해서, 그래서 미래인 거지만, 바로 그래서 우리는 뭔가 정해놓고 싶어 하는 것이겠지요.

그런데 정돈된 계획을 세우길 바라는, 그래도 살기가 퍽퍽하다고 생각하는 어른들을 속 터지게 하는 젊은이들이 있습니다. 그중 한 부류가 '아직 잘 모르겠다'는 말을 입에 달고 사는 친구들이죠.

나도 무심결에 학생들에게 묻습니다. 군대 다녀와서 바로 복학하는지, 휴학하면 뭐 하려는지 등등. 이런 질문에 일관되게 배시시 웃으며 "아직 잘 모르겠어요"를 연발하는 친구들이 있(었)습니다. F도 그런 친구 중 한 명이었습니다. 그런데, 재미있지요. 이 친구, 계속해서 뭔가 재미있는 일을 계속했습니다. 택견동아리도 하고, 학교 텃밭 활동에도 참여하고, 빵집에서 일도 배우고, 일본으로 우프도 다녀오고….

그의 전공은 천문학입니다. 별 보는 것을 좋아해 천문학 전공을 택했다는 낭만파지요. 그런데 문제는 실제로 배우는 내용이 적성에 잘 안 맞는다는 것이었지요. 나랑은 교양수업에서 처음 만났는데, 갑자기 중간에 휴학을 하고 사라졌었습니다. 겉보기엔 그저 수줍음 많은 친구로 보였지만, 글을 보니, 생각이 깊은 친구다 싶었는데, 사라져서 내심 섭섭했지요. 나중에 보니 인도에 다녀온 것이더군요.

이후 다시 내 전공수업에 들어온 것이 인연이 되었는데, 어느 순간 알아챘습니다. F가 거의 모든 미래형 질문에 "아직 잘…"을 연발하고 있다는 것을요. 순간순간 살짝 답답했지만, 쿨한 선생 노릇한답시고 "아, 그러세요"라고 넘어가 주곤 했지만요.


어느 날, 작은 깨달음의 순간이 왔습니다. 그가 어쩌면 지극히 오늘의 삶 형태에 잘 맞는 삶을 살고 있는지도 모르겠구나. 포스트모던의 시대에 사람들은 더 이상 순례자적 삶을 살지 않는다고 말은 하면서도 실제로 우리는 뭔가 그럴듯해 보이는 계획을 세우고, 그 계획을 이루기 위해 매진하는 삶을 살고 있지는 않은가? 그런 삶이 옳은 삶이라고 믿으면서… 세상은 더 이상 그렇지 않은 데도 말입니다.

그러고 보면 나도 '근대적인 삶'에서 크게 벗어나지 못하는 삶을 살아왔습니다. 유학 시절, 학위는 꼭 따야 하는 것이었지요. 학위를 따지 못하면 국제미아가 될 판이었습니다. 다른 서구지역에서 온 친구들은 달라 보였습니다. 재미있어 보여 왔고, 근데 그게 아니면 언제든지 그만둘 수 있다는 태도를 보였지요. 물론 학위를 꼭 따야 한다는 부담감이 동력이 된 부분, 인정하지 않을 수 없습니다. 그러나 그것이 많은 상처를 동반했다는 사실도 부인하기 어렵군요. 꼭 그렇게 살아야 했을까, 그게 꼭 가장 좋은 것이었을까라는 생각을 하게 됩니다.

그리고 살아보며 또 하나의 흥미로운 경험적 사실 하나를 발견(?)했습니다! 인생이란 것이 결국(!) 계획대로 되지 않았고, 그것이 꼭 나쁘지만은 않다는 것 말입니다. 나는 박사학위를 받긴 했으나, 원래 생각했던 주제가 아닌 다른 주제로 논문을 썼고, 중간에 지도교수도 바꿨으며, 막연히 연구직을 꿈꾸던 나는 '어쩌다 선생'이 되어 학생들과 씨름하고 있습니다. 모두가 꼭 나쁘지만은 않았습니다! 그렇게 조금씩 계획대로 되지 않는 것을 받아들이게 된 것 같습니다.


사실 '계획의 강박'에서 벗어나게 된 것에는 내가 '작은 삶'이라고 부르는 여행이 결정적인 영향을 미쳤습니다. 아무리 촘촘하게 계획을 짜도 계획대로 되는 여행은 하나도 없었고, 그런데 그게 그리 나쁘지 않았다고 하는 놀라운 사실을 알아냈거든요!

이제는 여행을 할 때 촘촘한 계획 따윈 아예 세우지 않습니다. 잠잘 곳을 정하는 것이 여행의 거의 모든 준비지요. 안전하고 깨끗한 숙소만 정해져 있으면, 다른 것들은 뭐 어떻게든 다 되더라구요. 모스크바에서는 인터넷으로 한 숙소 예약에 문제가 생겨 한겨울 한밤중에 트렁크를 끌고 다니는 난감한 일을 겪기도 했지만, 그 일이 그때의 여행 중 가장 먼저 떠오르는 추억 아닌 추억이 되었네요. 여럿이 여행을 하거나, 꼭 예약을 해야 하거나 하는 경우는 예외이겠지만, 그런 경우에도 아무리 꼼꼼하게 계획을 세워도 그 계획대로 되지 않았던 경험 없는 분, 없으시지요?

여행도 그러할진대, 우리 삶은 더 말할 것이 없습니다. 그러니 큰 그림 없이 길을 가는 것 같아 보이는 젊은 친구들, 너무 걱정할 일은 아닌 것 같습니다. 오늘 내가 좋아하는 일을 하고, 내가 좋아하는 사람을 만나며, 오늘을 행복하게 지내고 있으면, 그렇게 이미 내일을 만들어가는 중이니 말입니다. 그리고 그 내일의 모습이 하나의 직선이어야 할 이유는 어디에도 없으니 말입니다.

어차피 우리 모두에게 미래는 의문문이며, 우리는 오늘을 살 수 있을 뿐입니다. "아직 잘…"을 외치면서도 꼬물꼬물 뭔가를 계속하는 F는 내일의 불확실성을 오늘 건강하게 잘 살아내면서 미래를 미리 보여주기 하는 것 아닐까요?(그는 지금은 농부로 살고 있습니다. 5년 뒤, 10년 뒤는 그도 나도 모르지요. 다만 그 친구가 현재 본인의 삶을 '완벽하진 않아도 충분하다'고 느낀다는 건 그의 글(〈벗자편지〉 중)을 통해 알고 있습니다.)

열심히 재미있게, 좌충우돌하면서, 넘어지면서 다시 일어나면서 자기 길을 찾아가는 젊은이들을 만나는 일은 '미래를 미리 만나는 즐거움'입니다. 고맙게도 이 나라 이 땅 어디를 가도 그런 친구들을 만날 수 있었습니다. 그런 젊은이들을 만날 수 없었던 곳은 다행히도 없었습니다. 그럴 때는 아직은 내가 이 나라에서 안심하고 노인이 되어도 되지 않을까, 싶어져 '기대와 존경의 마음'이 저절로 듭니다.

# '나쁜 속담':
## 가다가 중지하면
## 아니 간만 못하다

　대부분의 속담이나 격언은 마음에 새길만 하고, 촌철살인의 감각과 뛰어난 통찰력을 보여줍니다. 그런데 개인적으로 싫어하는 속담도 몇 개 있습니다. 그중 하나가 '가다가 중지하면 아니 간만 못하다'입니다. 물론 이 속담이 말하고자 하는 바를 이해하지 못하는 건 아닙니다. 기왕 시작한 일은 끈기를 가지고 잘 마무리하면 좋겠지요. 세상에 쉽고 즐겁기만 한 그런 일은 거의 없을 테니 어느 정도의 참을성이 필요한 부분도 있겠습니다. 이 속담을 되새기며 어려운 고비를 넘기는 사람들도 있겠지요. 나 또한 그런 적이 있었고요.

　그러나 언젠가부터 이 속담을 들으면, 토를 달고 싶어 입이 근질근질합니다. 가다가 중지했다면, 그만큼 간 것인데, 왜 그것이 아니 간만 못한가, 그리고 이 일을 하다 저 일을 하고, 또 다른 일을 하면 그만큼 다양한 경험을 쌓는 것인데, 왜 그것이 하나의 일을 지속적으로 하는 것보다 덜 평가받아야 하나, 이런 질문들이 생깁니다.

유학 시절이 떠오릅니다. 산도 물도 낯선 땅에 그 나라 말도 거의 모르는 채로 뚝 떨어진 나는 몇 번의 고비를 겪었습니다. 해낼 수 있을까 하는 두려움, 그만두고 싶다는 마음이 없었다면 거짓말일 겁니다. 그러나 내가 원한 일이었고 기왕 시작한 일, 마쳐야 한다는 일종의 의무감과 강박 같은 것이 있었고, 중단하면 낙오라는 두려움이 나를 지탱해준 힘이기도 했습니다. 어머니의 기대 또한 지지대이자 부담감이었지요. 학위 공부를 무사히 마치긴 했으니, 그런 복합적 감정의 무게에 감사해야 할 일인지도 모르겠으나, 동시에 버티면서 내 삶에 생긴 생채기들을 생각하면 과연 버텨내는 것만이 최선이었을까, 라는 생각이 지금에서는 머리를 들기도 합니다.

사실 유학 시절에 이미 그런 생각을 살짝 했었습니다. 다른 친구들, 특히 서구에서 온 친구들 다수는 아주 가벼운 마음으로 공부를 하거나 경험을 쌓으러 왔고, 아니다 싶으면 언제라도 그만두거나 다른 길을 찾겠다는 태도를 가지고 있었으니, 그것이 못내 부러웠습니다. 그러나 나도 '한국식 교육'의 영향으로부터 완전히 자유롭지는 못했던 터라 그 친구들과 같은 태도를 갖는 데는 실패, 했었습니다.

내 학생들에게는 좀 다르게 살아도 괜찮다 말해주고 싶습니다. 어떤 일을 하다, 다른 일을 하고 싶어져서 그 일을 하는 것이 뭐 어떻습니까? 의미 있는 일이라 생각했는데, 중간에 생각이 바뀌어 그 일을 마치지 않기로 마음먹으면 또 뭐 어떻습니까? 어차피 우리가 사는 세상 자체가 변화의 소용돌이 속에 있고, 그 변화의 폭과 깊이가 가늠하기 어려울 정도로 급격해지고 있는 마당에, 한 우물만 파기 식의 조언은 현실적합성도 떨어집니다.

상당수의 직업이 수십 년 안에 없어지고 새로 생길 거라 말해지는 그런 세상입니다. 그런데 기성세대가 아는 직업은 여전히 공무원, 교사뿐이고, 젊은 세대에게 해줄 수 있는 조언이 그 수준이라면 오히려 그것이 심각한 문제가 아닐까요?(하고 싶은 일이 수십 개인 졸업생이 있습니다. 자아가 강한 편인 그이지만 여전히 살짝 불안한 상태에 있지요. 이렇게 이것저것 닥치는 대로 해도 될까, 나중에 후회하지 않을까, 걱정합니다. 그래서 말해줬습니다. 우선 서른까지만이라고 시한을 정하고 살고 싶은 대로 살아보면 어떻겠냐고요. 그리고 그때까지 경험한 수십 가지 일에 대해 〈서른, 50개의 일을 섭렵하다〉, 이런 책을 써보지 그러냐고요. 멋지지 않을까요?)


F는 집 옥상에서 별 보기를 좋아했다고 합니다. 천문대에서 일하고 싶다는 생각이 있었고, 천문대기학과에 진학했습니다. 기자가 되고 싶다고 신방과에 가는 정도의 순진한(?) 결정인 것 같지만, 막연히 점수 따라 그런 것은 아니었으니 나름 소신 지원이었지요?

그런데 막상 배우는 내용은 본인이 기대했던 것과 좀 달랐나 봅니다. 인문사회계열 수업들을 더 많이 좇아 다녔고, 이런저런 다양한 경험을 부지런히 하던 이 친구는 전공 몇 과목 학점을 남겨두고 드디어(!) 졸업을 하지 않기로 결정했습니다. 휴학을 거듭하며 졸업'은' 할 건가, 라는 쓸데없는(?) 질문을 하면, 그때마다 '아직 잘 모르겠어요'라고 하던, '그러나 별 의미가 없다고 생각되면…'이라고 단서를 달더니 결국 졸업을 하지 않기로 한 것입니다.

F의 결정이 주위 사람들에 의해 바뀔 것으로 보진 않았지만, 그리고 그의 결정을 존중하는 마음이 컸지만, 그래도 평균적인 어른 노릇 한번 해보려고 말은 해봤습니다: "몇 학점 안 남았는데, 웬만하면 졸업은 하지 그래? 학점은 D로 깔더라도…"라고요. 예의 그 배시시한 웃음 지으며 의미가 없는 것 같다고 하더군요. 기대했던(?) 답이었습니다.

그가 대단하다고 생각합니다. 겉으로는 순하게만 보이는 이 친구 어디에 그런 강단이 숨어있는지 모르겠습니다. 꽤 많은 사람이 그의 결정을 이해하지 못할 거라 생각합니다. 몇 학점만 따면 졸업인데, 학벌이 꽤 중요한 자산인 이 나라에서 아니 왜, 라고 하지 않겠는지요.

그러나 그래도 이건 아니다 싶을 때, 많은 사람의 우려와 반대에도 불구하고 자신의 뜻을 세울 수 있다는 것, 그런 자질은 아무나 가지고 있는 것이 아니기에, 나는 이 친구의 결정을 응원합니다. 그리고 사회적 압력의 무서움을 알만큼은 아는 나는 그가 오만 사람이 불필요한 과도한 관심으로 던질 말의 화살을 부디 잘 버텨내기만을 바랍니다. 강단으로는 못난 선생보다 몇 수 위이니 잘 해낼 거라 믿습니다만….

가다가 중지하면 아니간만 못하다? 아닙니다. 말이 되나요? 갔으면 간만큼, 남은 거지요. 그러니 그것을 자산 삼아 다음 길을 가면 됩니다. 자신의 몸과 마음의 소리에 충실하며, 현재를 즐겁게 사는 이는, 밖에서 볼 때는 갈 지之 자 걸음을 하는 것으로 보일지 모르지만 더 많은 더 다른 경험들을 자산으로 만들고 있는 중이라 생각합니다. 앞으로 그들이 살아갈 세상에 굉장히 유용해질 자산이요! 그러니 우리가 보내줄 것은 격려와 응원뿐일 겁니다.

우리 교육의 가장 큰 문제 중 하나는 학생들이 자신과 자신의 삶에 대해 스스로 오래, 깊이 머무를 시간을 영 허락하지 않는다는 것 같다는 겁니다. 이렇게 '키운' 학생들에게, 성인이 되었다고 20살이 되었다고 갑자기 '네 인생을 살아라'고 요구할 수 있을지요?

사람은 자신이 직접 참여하고 결정한 일에 대해서만 깊은 애정과 책임감을 느낀다, 이런 이야기를 들은 적이 있습니다. 공감합니다. 하다못해 고사리도 그렇던데요. 직접 고사리를 캐본 이후 이 세상 고사리가 그냥 고사리로 보이지 않습니다. 그 전엔 고사리에 대한 애정과 책임감은 고사하고, 눈길도 주지 않던 난데 말입니다. 그렇다면 젊은이들이 자신의 삶을 스스로 결정하는 기회, 스스로 결정했다는 경험을 갖도록 도와주는 것이 '좋은 교육' 아닐는지요?

덧댐

나중에 F가 그래도 졸업은 해야 되겠다 싶어지면, 재입학이라는 좋은(!) 제도를 활용하면 됩니다. 그러니 보통 어른들, 너무 걱정 안 해도 됩니다.

# 학생들의
# '잃어버린 청춘'을
# 함께 슬퍼함

 

왜인지 마음 한구석에 살짝 안쓰럽게 자리하고 있던 G로부터 반가운 문자 한 통이 왔습니다. 중고등 임용고사에 붙었다고요. 얼마나 기쁜 소식이던지요! 그러나 동시에 그 친구가 지내왔을 '슬픈 시간'에 대한 연민으로 마음이 짠했습니다. 3전 4기, 20대 4년이라는 시간을 수험생으로 보낸 셈입니다. 나이는 숫자에 불과하다 하고, 저도 그 말을 믿으며 살려 애씁니다만…. 그래도 청춘의 시간을 너무 오래 힘들게 보내는 친구들을 보면 함께 아픕니다. 더구나 그 이유가 온전한 본인의 의사가 아닌 취업 준비 때문이라면 더 속이 상합니다.

G는 재학 시 교직 과목을 이수했습니다. 교직 선택이 처음부터 100% 적극적인 본인 의사는 아니었던 것으로 알고 있습니다. G뿐 아니라 비사범대 재학생 중 학점이 아주 좋은 편인 학생들은 교직 이수의 유혹(?) 앞에 놓이게 되곤 합니다. 임용고사가 아니라 임용고사라 하는

판국이고, 현직 교사들의 직업 만족도는 점점 떨어지고 있고 명예 퇴직자가 증가한다는 보고가 잇따르지만, 여전히 '되기만 하면 평생을 보장하는 안전한, 게다가 아직은(?) 약간의 존경까지 받을 수 있는 직장'이라는 생각이 적잖은 학부모들의 머릿속에 자리 잡고 있어 공부 잘하는, 아니 정확히 말하면 학점 좋은 학생들은 무언유언의 압박을 받습니다. 아마 본인 스스로도 어찌 될지 모르니 일단 해놓고 보자는 '보험' 비슷한 마음이 들지도 모릅니다.

어쨌거나 교직 과목을 이수하던 시절의 G는 강한 확신은 없는 것처럼 보였고, 그러면서도 포기는 하지 않았습니다. 나중에 들으니, 한때 초등학교 교사가 꿈이었어서 교직을 선택했고 부모님의 강권도 있었는데, 과정 중에 고민이 많았다고 하더군요. 정말 이 길이 내 길일까, 잘할 수 있을까….

당시 저는 G가 다른 길들에 대한 경험을 할 수 있는 기회가 있기를 내심 바랐지만, 그는 다른 가능성에 대해 별다른 '실험'을 해볼 시간과 기회를 갖지 못한 채 졸업했고 임용고사 준비 대열에 합류했습니다. 그런 G를 지켜보던 제 마음은 B때와는 결이 좀 달랐습니다. B는 환상이었을지도 모르나 교직에 대한 열망이 아주 강한 친구였고, 거기에 부모의 기대가 더해졌을지는 모르나, 본인의 적극적 의지로 그 길고 긴 준비기간을 살아냈는데, G는 스스로의 확신이 부족한 상태로 보였기 때문입니다.

개인적으로는 한 일 년 정도 정말 아무 생각이나 계획 없이, 많은 다양한 경험을 하면서 자기 자신을 탐색할 시간을 가졌으면 했지만, 그건 그저 내 욕심(?)에 그치고 말았지요. 미국에서는 'gap year'라 하여 미래 탐색 시간을 거의 의무처럼 가진다 하던데, 나는 지금도 확신 비슷한 마음을 갖고 있습니다. G가 그런 시간을 가질 수 있었더라면, 편하게 방황할 수 있는 시간이 주어졌더라면, 임용고사를 보기로 결정했던 다른 결정을 했던 간에 그 무언가를 준비하는 시간을 보다 더 건강하게 지낼 수 있었을 것이라 믿는 마음 말입니다. 또한 그 시간이 그 친구 인생에 있어 큰 자산이 되었으리라 믿어 의심치 않습니다.

암튼 임용시험 준비한 2년이 지나서인가 G를 잠시 볼 기회가 있었습니다. 좀 지쳐 보였고, 여전히 확신이 없는 그런 모습이었습니다. 그렇지만 시험은 다시 볼 생각이라 했고, 좋은 결과 들고 인사 오겠다고 했지요. 나는 ─ G에게뿐 아니라 여러 친구들에게 자주 하는 말이지만 ─ "선생이란 존재는 그대가 무엇이 되었을 때 찾아오는 사람이 아니라 그대가 무엇이 되어가는 과정에 함께 하는 사람, 그러니 아직 무엇이 아닐 때 생각나는 사람 중에 샘도 있었으면 좋겠다"는 취지로 말했지만…. G도 다른 많은 학생들처럼, 무엇이 되어 나타나고 싶어 했습니다.

그 마음이 이해 안 가는 것도 아니어서, 명색이 선생인 내가 할 수 있는 일은 그저 간혹 응원 문자를 보내주는 것뿐이었네요. 생각이 날 때마다 잠시 먹먹한 마음으로 기도할 뿐이었습니다. 부디 이 시간을 몸맘 건강하게 잘 살아내 주기를 빌며….

다행히, 정말 다행히, G는 그 시간의 마침표를 찍었습니다. 그 자체로 충분히 기쁘고 감사한 일이어서 토는 달고 싶지 않으나…. 마음의 다른 한 켤이 아립니다. 과연 그게 최선이었을까…. 시험을 마친 그가 내가 쓰고 있던 글의 일부를 보고 보내온 메일을 보면 선생의 걱정을 뛰어넘어 아주 훌륭하게 그 시간을 살아낸 것 같지만, 그럼에도 불구하고 말입니다.

'나로 충분히 살아있지 못한 시간', G의 말을 따르자면 '죽어있던 시간', 피할 수 있었던 건 아니었을까 해서요. 주어진 어떤 길이 과연 스스로 가고 싶은 길인지, 다른 길은 없는지…. 충분히 고민할 수 있는 시간, 그 시간을 허락할 여유, 부모에게도 선생에게도 우리 사회에도 정녕 없는 걸까요? 저는 청춘들이 방황이라면 방황이라 할 시간을 보내는 것이 그들의 인생에 피와 살이 될 것을 의심치 않는 편입니다만, 적어도 그 시간 자체가 본인의 선택이어야 한다고 생각합니다. 그리고 어른들이, 사회가 그 시간이 젊은이들에게 적극적으로 '허락'될 수 있는 상황을 만들어줘야 한다고 믿습니다.

생각을 유보할 수 있는 시간, 그 시간은 생각을 열어두는 시간이며 그것을 통해 비로소 다른 관점을 갖게, 다른 세상을 볼 수 있게 되는 시간입니다. 멈춰야 비로소 보이는 것들이 있는 법이니까요. 그 시간이 무르익어 어떤 선택을 본인이 하고(적어도 그랬다고 믿고) 다시 무언가를 준비하는 시간을 갖게 된다면, 나는 그 다음의 시간이 훨씬 더 긍정적이고 생산적인 시간이 되리라 믿습니다.

아직 그대들이 뭘 몰라서 그러는 거고, 살아보니 그게 아니었고, 그래서 다 그대들을 위해 하는 조언이며, 나중에 부모/선생에게 고마워하게 될 거라는 말말말, 진심임을 믿습니다. 그러나 뭔가를 결정해서 들이밀기에 앞서 헤매는 시간을 스스로 살아내게 해주는 것이 보다 중요하다 생각합니다. 나중에 감사를 하든, 원망을 하든 부모나 선생이 아닌 스스로에게 할 수 있어야 하지 않을까요? 결국 본인 자신의 인생이지 않습니까…. (초등학생 때 미술에 전념하고 싶다는 마음으로 피아노를 그만두게 해달라고 엄마를 졸라 허락을 받아낸 기억이 있습니다. 지금, 엄청 후회하는 일 중 하나입니다. 그러나 어린아이였지만 원하는 것이 분명했고, 그걸 표현했고 그 의사가 존중되었던 기억 또한 소중합니다. 내 결정이었고 내 책임이라는 것 또한 분명합니다. 후회 또한 내 몫입니다. 피아노? 지금이라도 배우면 됩니다!)

자신의 의지로만 시작하지는 않았던 길, 그러나 그 길을 '자신의 길'로 만들어낸 대견한 G. 모쪼록 G가 기쁘게 그 삶의 길을 걸어가길, 그리고 이제 그이가 만나는 학생들에게는 더 잘 헤맬 수 있는 토양을 만들어주는 선생이 되어주길 빕니다.

우리 모두 잘 헤매고 그 길의 끝에서 '자신의 길'을 기어이 찾아내기를 마음 모아 응원합니다!

# 네모가
## 세모에게

    나는 세모가 되고 싶은 네모입니다. 게으름은 기본으로 장착. 이곳에 있으면서 저곳을 꿈꾸고, 늘 딴길, 딴생각, 딴짓에 마음이 기웁니다. 그러다 길을 잃는 건 다반사, 느닷없이 낯선 곳 낭떠러지 앞에 서기도 합니다. 선택과 집중이라는 성공의 제1공식과는 아주 거리가 먼 삶을 살고 있습니다. 그 주제에, 어울리지 않는 완벽주의 비슷한 성향도 갖고 있습니다. 한마디로 '대략난감' 캐릭터입니다.

    물론 스스로가 어떤 꼴의 사람인지 아주 모르진 않습니다. 하지만 그것을 선선히 받아들이는 것이 늘 수월하지만은 않습니다. 한때, 차 안에서도 손을 쉬지 않을 만큼 뜨개질에 몰두했던 나는 한번 시작하면 옷 앞판이나 뒤판을 다 뜰 때까지 밥도 건너뛰고 잠도 자지 않았더랬습니다. 그러다 눈이 다 짓무르고 어깨를 움직일 수 없을 지경이 된 이른 새벽 옷 한쪽 판을 거의 다 떴을 때쯤 저 아래 고무단 근처 한 코가 빠진 것을 발견했을 때의 난감함이라니!

당신은 어느 쪽이신가요? 무시하고 계속 뜨는 쪽, 아님 다 풀러서 다시 뜨는 쪽. 나는 당연히(?) 후자입니다. 그런데 말입니다. 그걸 뻔히 알면서도 실을 다시 푸는 데 몇 날 며칠이 걸리곤 했습니다. 어떻게든 실을 다시 풀지 않으려고 별별 꼼수를 내보곤 했지요. 그러다, 물론 결국은 다 풀었습니다!

이후에는요? 그렇게 할 수밖에 없던 자신을 미워하면서 다시 며칠을 보내고, 결국 그렇게 하고 말 것을 잘 알았으면서도 마치 다른 가능한 방법이 있을 것처럼 머리를 싸맨(정확히는 싸맨 척한) 자신에 대한 자괴감에 시달리며 또다시 며칠을 보냈지요.


우리는 때로 자기 자신을 잘 모르기도 하지만, 알면서 애써 외면하기도 합니다. 못나고 모난 모습을 기꺼이 받아들이기가 늘 쉽지는 않습니다. 비유가 아주 적절한지는 모르겠지만, 심하게 무병을 치르고서야 신내림을 인정하게 되는 무녀의 이야기처럼, 가끔 우리는 최선을 다해 있는 그대로의 자신을 밀어내곤 합니다.

관심이 늘 옮겨 다니는, 어디로 튈지 모르는, 거의 모든 것에 금방 싫증이 내는 학생이 있었습니다. 싫증을 낸다기보다는 계속 다른 새로운 것에 관심이 생긴다고 말하는 게 맞겠네요. 그런데 그 학생에게도 나름 고민이 있었습니다. 계속 이렇게 살아도 될지. 주변에서들 뭔가 하나를 진득하게 못 하는 이 친구를 걱정스런 눈빛으로 쳐다보기도 하는 데다 스스로에 대한 확신도 부족해서 흔들흔들하는 중이었습니다.

자기 문제는 안 보여도 남 문제는 잘 보이기도 하는 법. 그이보다 조금 오래 산 내게는 명확하게 그냥 저절로 보이는 게 있었습니다. 그 학생의 원형질. 당분간은 여기 기웃 저기 기웃 살게 될 것 같다는 예언을 하게 되더군요. 물론 이 친구의 방황 아닌 방황은 정말 오래 몰두할 수 있는 그 무언가를 아직 찾지 못해서 일 수도 있지만, 다양한 것에 대한 호기심이 그이의 원형질인 것으로 보이긴 합니다. 나랑 비슷한 종인 것 같기도요.

문제는, 본인 스스로도 그런 성향과 상황을 어느 정도 이미 알고 있으면서도, 선선히 인정하기가 어렵다는 겁니다. 조금 다르게 살고 싶다는 마음이 없지는 않고, 주변의 시선으로부터 자유로울만큼 단단하지도 않으니까요.

'돌팔이 처방전'을 내줬습니다. 마냥 계속이라고 하면 부담스러우니 우선 서른 생일이 되기까지만, 이라고 기한을 정하고 앞으로 3년 동안 자신에게 시간을 줘보라고요. 3년 동안 가능한 한 많은 지역도 가보고, 이런저런 일도 경험해보라고. 그러면 혹시 누가 아냐고. 〈서른, 50개의 일을 섭렵하다〉는 제목의 책을 쓰게 될지. 한 우물이 아니라 다양한 많은 우물을 파본 것이 그이만의 경쟁력이 될지.

돌팔이 상담 이후에 그 학생에게서 문자가 왔습니다: "… 저보다 저를 잘 아는 것 같은 샘ㅎㅎ 생긴 대로 살아야겠습다ㅎㅎㅎ 오늘 반갑고 감사했어요^^ …" 그에 대한 내 답은 "알아서가 아니라 그냥 보이는 것ㅎㅎ".

생긴 대로 살기, 쉬운 일 같지만 종종 생각보다 쉽지 않습니다. 상황이 발목을 잡기도 하고, 내 스스로 받아들이지 못하기도 하지요. 전자야 어쩔 수 없다 하더라도, 후자는 내 발목을 내가 잡는 꼴이라 더 안타깝습니다.

자신의 모나고 못났다고 생각되는 부분까지 사랑스러운 눈으로까진 아니더라도 순하게 받아들이는 일. 유일한 개인으로 살아가려는 노력을 포기하지 않으려는 이라면 상당한 대가를 치르고서라도 배워야 할 중요한 일 중 하나일 겁니다.

그리고! 장점이기만 한 성격도 없고, 단점이기만 한 성격도 없다고 생각합니다. 그러니 생긴 대로 사는 장점도 분명 있습니다. 물론 생긴 대로 살지 않는 장점도 있겠지만, 단점 중 하나는 힘이 엄청 든다는 거지요. 생긴 대로 사는 게 에너지 보존에도 도움이 됩니다!

덧댐

나는 더 이상 뜨개질을 하지 않습니다. 기운도 없고 시간도 내질 못해서요. 한때의 광적인 뜨개질이 남긴 후유증이 컸지만, 큰 인생공부 했다 생각하고 있습니다.

닫는 글

우리는 자신이 어떤 사람인지 알면서도 때로 쉽게 받아들이지 못합
니다. 받아들이고 싶지 않은 것일 수도 있겠습니다. 본문에서 잠시 얘
기했지만 내가 한창 뜨개질에 빠져 있을 때 옷 한 판을 다 뜰 때까지 밥
도 먹지 않고 잠도 자지 않았더랬습니다. 그게 나였습니다. 기어이 옷
한 판을 다 뜬 동트는 새벽, 저 아래 시작 부분에서 빠진 코 하나를 발
견하고 몇 날 며칠을 끙끙 앓으며 온갖 궁리를 쥐어짜다 결국은 다 풀
어내야만 했던 기억이 있습니다. 그게 나였습니다. 그런 내가 진절머리
나기도 했고 물건이면 갖다 버리고도 싶었지만 그런 나도 저런 나도 나
여서 그럴 수도 없었습니다. 지금도 여전히 투덜투덜 나와 싸우며 나와
화해하며 나를 다독이며 겨우 사는 중입니다.

그 와중에 매일매일 나와 같은 길을 걸어가는 '학생이라는 이름의 거
울'을 봅니다. 그들에게도 나를 나로 바라보고 받아들이는 일은 평생의
과업입니다. 그 과업을 버거워하는 학생들을 바라보고 받아들이는 일,
그것은 나의 일입니다.

처음에는 나도 초짜부모처럼 그들이 그저 덜 아팠으면, 덜 헤맸으면 했습니다. 그래서 잡아끌기도 하고 다그치기도 했습니다. 그저 세월이 날 깨우쳤습니다. 누구도 그들의 수업료를 경감해 줄 수 없다는 것을. 그래봤자 언젠가 곱빼기로 수업료가 청구된다는 것을. 부모 된 이가 자식의 고통을 대신 져 주고 싶어 하는 것은 그럴 수 없기 때문이라는 것을.

누구나 자기 몫의 수업료를 스스로 치러야 합니다. 가족도, 선생도, 친구도 그저 곁을 지켜줄 수 있을 뿐입니다. 나도 그들의 곁을 지켜주고 싶은 사람 중 한 명일 뿐입니다. 가끔 같이 걸어가는, 가끔 같이 울어주는, 가끔 등을 토닥여주는.

물론 곁을 내어주는 사람이 있다는 것은 큰 힘이 됩니다. 그러니 그들이 살아가는 중에 주변에서 충분한 지지와 응원을 받길 바라며, 그들이 손 잡을 수 있는 사람 중에 나도 있다는 걸 알아주길 바라는 욕심은 아직 버리지 못했습니다. 그들이 무엇이 되어서가 아니라 무엇이 되어가는 과정에서 가끔은 얼굴 떠올리게 되는 선생이, 그런 사람이 되고 싶습니다. 선생이라는 이는 학생과 길을 같이 걸어가는 사람이니까요.

　그리고 이 지면을 통해 선생으로 살아오는 동안, 크고 작은 인연으로 나를 스쳐 갔지만 미처 마음 주지 못했던 학생들에게, 나의 부족함으로 인해 상처받았을 학생들에게, 미안한 마음을 전하고 싶습니다. 비록 괜찮은 선생 노릇은 해주지 못했지만, 그래서 그들의 성장을 가까이에서 지켜볼 수 있는 행운은 얻지 못했지만, 그들의 발걸음을 응원하는 어른 중에 나도 있답니다. 시간이 많이 흐른 후 나보다 훌쩍 성숙한 어른의 모습으로, 나의 부족함을 연민으로 봐줄 수 있는 어른의 모습으로 그네들을 다시 만날 수 있는 순간이 오기를 바랍니다.

　'어쩌다 선생'으로 산 세월이 무엇을 보든 무엇을 듣든 생각나는 학생이 있고, 그들에게 해주고 싶은 이야기가 떠오르는 '천상 선생'을 만들었습니다. 그리고 그 모든 것이 결국 자기 자신에게 하는 이야기라는 걸 비싼 수업료를 치르고 알게 되었습니다. 누구도 대신 치러줄 수 없는 수업료. 때로 가혹하게 비싼 수업료.

그 이야기 일부를 여기 풀어 놓습니다. 이제 조금은 더 편안한 얼굴을 할 나이가 되어, 누구나 발걸음 한번 하고 싶은 인생카페에서 당신과 밤새 두런두런 이야기 나눌 수 있길 희망합니다. 그 어쩌면 쓸데없는 한담이 나와 당신에게 오늘을 살아낼, 완벽하진 않지만 충분한 힘이 되길 바랍니다. "위로가 아닌데 위로가 되네요"라고 말해주던 학생에게처럼 말입니다.

덧댐

이제 30대 중반을 넘어 마흔이 되어 가는 제자들에게 묻습니다. "살아보니 어때?" 어떤 친구는 "20대보다는 나아요"라고 하고, 어떤 친구는 "여전히 불안하고 빚만 늘었어요"라며 배시시 웃기도 합니다. 직장을 나와 히말라야 등정을 떠나며 또 하나의 매듭을 짓는 친구도 있었습니다.

오늘 그들이 사는 모습은 학교 다닐 때에 비해 훨씬 다양한 빛깔이지만 그런 그들에게 "그대의 20대에게 뭐라고 말해주고 싶어?"라고 물으면 신기하게도 대답이 거의 같습니다. "그렇게까지 불안해하진 않아도 돼", "너무 아등바등 힘들게 살지는 않아도 돼", "조금 천천히 가도 괜찮아", 그렇게 말해주고 싶다고 하더군요.

그들은 여전히 불안하고 아직도 삶의 방향을 찾아가는 중이지만, 어떻게든 살아낸 아니 살아진 지난 세월이 이제 조금은 더 편안한 마음으로 평생의 불안과 동행하는 '비법'을 가르쳐준 것 아닐까 했습니다.

그들을 키운 건 시간이었네요. 긴 시간.

어쩌다 선생이지만 나를 선생이라 불러주는 이들이 있어 내가 선생입니다. 선생보다 더 품이 넓은 그들에 기대 그나마 간신히 선생 노릇을 하고 있습니다.

선생으로 지낸 세월, 가장 큰 기쁨도 학생이었고, 그래서 논리적으로 가장 큰 상처도 당연히(!) 학생이었습니다. 그 상처는 내가 그들에게 마음을 내어 준 증거이니 그 상처 또한 '훈장'입니다.

이 항해의 끝, 정년 이후의 야무진 계획 중 하나가 전 세계 제자들 순방하는 일입니다. 선생보다 훨 훌륭한 제자들이니 그때 날 따뜻하게 안아주겠지요? 그날에 대한 기대로 정년까지 버텨보려 합니다.

우선은, 아직은, 내가 그들을 더 잘 안아줘야겠지요?

그들의 내일을 지지하고 응원하는 마음을 꾹꾹 눌러 담아 전합니다.

내 선생으로서의 세월이 담긴 이 글 묶음을 세상에 나오게 해주신 출판사 대표님과 애먹이는 나를 많이 참아주신 편집자님께도 깊은 감사의 마음을 전합니다.

# 학생들과의 기억 기록

의미를 과도하게 부여하는 스타일이라 학생들과 주고받은 문자 한 통까지 기억에 담으려고 욕심을 부립니다. 지난 문자를 읽다 혼자 울다 웃다 멜로, 코믹 드라마 몇 편을 찍었네요. 낯 간지러운 부분도 없진 않으나 뿌듯함으로 덮습니다. 그리고 이렇게 일부나마 활자에 담아 기록에 남길 수 있게 되어 정말 고마운 마음입니다.

* 학생/졸업생들의 글은 오탈자, 문맥 정도만 수정했고 부분 생략한 부분이 있지만, 이모티콘을 뺀 상태의 원문대로 옮겼습니다.

선생님~ 어느덧 따뜻한 기운이 짙어진 봄이네요! 1분기에 연락을 잘 못 드렸어요. 건강하게 잘 지내고 계신가요? 코로나로 학교는 유례없는 어색한 풍경이에요. 대학도 그렇겠지요? 온라인 개학을 준비하려 서재 책상에 앉았 다가 채 10분 집중을 못하고 눈앞에 어지러운 책장을 정리했어요^^;ㅋ 그 러다가 샘이 2009년에 써주신 편지를 발견하고 다시 읽어봤는데 울컥했지 요. 10년 전 선생님의 잔소리 한구절 한구절이, 지금 와서 보니 너무나 맞는 말씀이고 또 애정이 꾹꾹 눌러 담긴 말씀이었구나... 싶어요. "미래에 대한 부 당한 불안감으로 현재의 삶을 저당 잡히지 말기를"이라는 말씀이 이제야 또 렷이, 선명하게 이해됩니다. 교사하겠다고 아등바등 서글프고 치열하게 살 았던 제 20대에 선생님의 말씀들이 얼마나 큰 힘이 되었는지... 다시 감사드 리는 마음이에요. 저는 앞이 깜깜한 터널 속에서 참 많이 불안했지만 꾸역 꾸역 잘 버티고 그 긴 터널을 잘 보낸 것 같아요. 그리고 지금 단순 밥벌이가 아닌 삶의 일부로서의 일을 하는 직업인이 된 것 같아 조금 뿌듯해요. 선생 님 덕분입니다. 선생님, 보고 싶습니다.

(ㄴㄱㅇ, 200412)

* 악바리 스타일이어서 학생 때부터 '존경'의 마음이 들었던 친구. '대충 잘 하시게', 라는 말을 내가 처음 사용한 게 아마 이 친구에게라고 기억. 결국 자신의 꿈을 이뤄낸 의지의 한국인! 그래도 내겐 어느새 친구 같은 존재 가 된 그런 졸업생입니다.

선생님...! 잘 도착하셨나용? 사람들이랑 이렇게 모여서 이야기하는 것도 오랜만이고 샘이랑 친구들 본 것도 오랜만인데 귀한 자리 마련해주셔서 감사합니다.(주례사 같나용?ㅎㅎ) 에너지 충전하고 가요!!!

시간이 흐르고 살아갈수록 선생님처럼 시간을 내고 에너지를 쏟으면서 사람들과 소통하고 관계를 유지하는 게 보통이 아니라는 걸 더욱 실감하고 있어요. 그래서 이제는 선생님이 상처받고, 힘들어하시는 부분이 어떤 건지 조금은 이해가 되는 것 같습니다. 제가 운이 좋아서 샘 덕분에 멋진 경험들을 할 수 있었던 것도요! 항상 새로운 일을 하려고 하시고, 젊은 저보다도 더 열정 가득한 모습에 많이 배우고 자극받는 것 같습니다. 소극적이고 먼저 손 내밀길 주저하는 제게 다른 삶의 방식들을 경험할 기회를 주셨어요ㅎㅎ 밤이 되니까, 급 주절주절 감성적이 됐네요...

결론은... 모임이 이제 또 언제 이어질지 모르겠지만 이때까지의 샘과 함께한 시간들을 감사하게 생각하고 있습니다...! 저도 재미지게 한발짝 내딛으면서 살아보아야겠어요. 아! 그리고 오늘 젠더 이야기 나누면서 샘 젠더 수업을 못 들은게 한이 된다는... 생각을 뒤늦게 해봅니다^^;

... 어쩌다 보니 문자가 엄청 길어졌네요. 오늘 정말 수고 많으셨어용ㅎㅎ 푹 쉬시고 좋은 밤 되시길 바랍니다.

(ㅂㅈㅎ 200631)

* 취업률 150%인 학과를 박차고 나와 사회학과에 재입학했던 학생. 그때 이미 알아봤습니다! 오, 재미있게 잘 살 친구겠구나. 지금은 폴란드에서 회사 생활 중, 그 회사를 택한 이유 중 상당 부분은 내가 알기로 외국

근무 메리트 때문입니다. 더 넓은 세상과 기꺼이 만날 준비가 된 것이겠지요.

---

시간이 참 빠르네요ㅜㅜ 학기 시작하고 정신 없다 정신 차리니 벌써 5월 중순... 잘 지내고 계시는지요ㅎㅎ 스승의날을 빌려(!) 감사하다 말씀드리려 연락드려요.

요즘 공부하면서 다시 선생님께 배웠던 현대사회학 생각이 나네요. 그때 제일 열심히 공부하고 정말 재밌게 했던 것 같아요. 샘이 현대사회학 수업을 하실 때 제가 마침 들을 수 있었던 게 제 삶에서 얼마나 큰 행운인지 몰라요. 사범대 수업에서 또 현실의 무게에 괜히 짓눌리다가, 역사교육과 사회학의 접점을 홀로코스트에서 다시 발견하고 있어요. 지그문트 바우만 생각도 많이 나네요!ㅎㅎ

인스타에서 하고 있는 작업도 눈여겨 보고 있습니당. 언제나처럼 학생들에게 선생님을 만날 수 있는 행운을 전해주셔요:) 그러기 위해서 몸건강도 잘 지키시기를 기도할게요!!

선생님, 감사합니다.

(ㅈㄷㅇ 180515)

---

\* 전자공학과를 박차고 나와 사회학과로 전과했던 학생. 말도 잘하고 글도 잘쓰는, 게다가 착하기까지 한 학생. 생각까지 바르니 이 학생의 미래를 걱정할 이유가 있을까요?

선생님! 안녕하세요^^ 이렇게 늦은 시간에 연락드려서 죄송해요~!ㅠㅠ 비록 자주 연락을 못 드리지만 저는 지금도 가끔 천샘, 그리고 학생들과 함께했던 수업들을 소중한 추억으로 떠올리곤 해요!!^^ 천샘 수업은 몇 년이 지나도 다시 곱씹어보고, 생각해보게 되는 그런 큰 매력이 있는 것 같아요! 저에게 이런 긍정적인 영향력을 행사해주셔서(?) 감사합니다.

* * *

선생님!!^^ 오늘 하루 잘 마무리하고 계신가요?? 스승의날에는 늘 선생님 생각이 나요!! 항상 신선한 자극을 주셔서, 또 즐거운 배움으로 안내해주셔서 감사합니다. 항상 건강하셨으면 좋겠어요.

* * *

선생님! 전화드리고 싶었는데 이제 연락드려요~!! 선생님!! 건강하신지요…? 저는 여전히 초짜 선생이에요!ㅎㅎ 아직 잘 모르는 부분도 많고 배워야 할 내용이 많아서 힘겹기도 하지만 이 딱지가 좋습니다^^

저는 올해 고3 담임을 맡게 되었는데, 저희 반 학생 중에 사회학과에 진학하고 싶다는 친구들이 2명 정도 되어요. 기특하기도 하고 나중에 선생님께 꼭 말씀드리고 싶었어요~!ㅎㅎ

대학교 재학 당시에 선생님 수업을 들으며 만든 사회학의 이해, 고전사회학 제본 책들이 지금도 책장 한 켠에 있어요~! 그 당시에 공부하며 메모했던 흔적들이 소중한 추억으로 남아 있습니다. 선생님께서 애써주시고 노력해주신 덕분에 그때 받은 사랑을 지금 학생들에게 나눠줄 수 있는 것 같아요. 선생님 제자라서 행복하고 너무 감사합니다~!!

(ㅈㅁㅈ, 160515, 170515, 210517)

\* 선생으로 살며 1년 중 가장 버거운 날이 스승의날입니다. 부족한 나를 돌아보게 되어 어디라도 머리를 박고 숨고 싶은 심정이지요. 학생 때부터 착실한 모범생이었던 이 친구는 몇 번의 고비를 넘고 선생이 되었고, 매년 스승의날을 챙겨 나를 더 부끄럽게 합니다.

> 고맙습니다, 선생님. 받아들이기까지 너무 아프고 힘들었는데 그 시기를 지내고 나서 지금은 일상을 살고 있어요. 이 세계의 삶이 또 있더라고요^^
>
> … 선생님께서 일전에 해주신 말씀, 큰 힘이 되더라고요. 아마도 넘어지고 다치겠지만 끝내는 건널 수 있을거라셨던. 순간순간 힘든 시기를 마주할 때마다 그 말씀이 생각났어요.
>
> 평생이 걸리진 않을테니 매일 점점 더 나아져간다는 생각으로 하루하루 어쩔 땐 견뎌내고 또 어쩔 땐 열심히 살아내고 있습니다.
>
> … 마음 써 주셔서 정말 고맙습니다. 감사합니다, 선생님^^
>
> (ㅇㅈㅎ 200414)

\* 학교 다닐 때부터 '어른' 같았던 친구. 너무 야무지게 사는 모습에 '너무 애쓰지 마시게' 소리가 절로 나왔던 친구. 철에 맞는 꽃을 들고 찾아오던 친구. 빵순이인 선생에게 빵을 사다주며 각각의 빵에 스티커를 붙여 빵 소개를 해주던 친구. 지금 아마도 삶의 가장 어려운 고비를 건너고 있는 이 친구를 토닥토닥 안아주렵니다.

선생님, 연락해주셔서 정말 감사하고 기쁩니다. 글로 적으니 너무 무미건조해보이지만 큰 선물 받은 것처럼 정말로 많이 기뻐요!

선생님~ OOO에 계시는군요!! 왜 가시게 되었는지 모르는데도 거기 계시다는 것만 들어도 왠지 좋아요! 선생님께서 제가 몽골에 있는 게 고맙다고 표현하신 마음이랑 비슷하지 않을까 추측해 봅니다... 여전히 선생님답게, 선생님 표현을 빌리자면 '선생님다운 모양으로' 살고 계신 것 같아서 안심이 되고 기뻐서 좋은데, 선생님도 왠지 그런 마음이 드신 게 아닐까 싶습니다ㅎㅎ

세상의 풍파에(?) 휩쓸리지 않고 나다움을 이어나가고 있는 모습에 선생님께서 작게나마 격려 받으셔서 고맙다고 느끼신 게 아닐까요.

선생님께서는 그런 분이시고, 또 그렇게 살 수 있도록 저를 포함한 여러 제자들을 응원하시는 분이니까요! 고맙다는 표현이 넘나 신선하고도 따스합니다. 제 존재 자체와 제 선택이 지지(?) 받는 느낌입니다!*^^*

(ㅇㅅㅇ 230125)

* 겉으로 보기에는 그저 다소곳하게 보이지만 의외로 심지가 굳은 친구. 이런 친구들은 말보다 글이 더 편한 경우가 많지요. '본인답게' 살려고 부단히 애쓰는 모습이 대견하기만 합니다.

샘 목소리 들으면서 그간 있었던 이야기 하려고 전화드렸어요... 맞아요, 샘! 샘과 함께 했던 기억은 지금의 저를 일으켜 세우는 큰 원동력이랍니다. 제 인생은 샘을 만나기 전과 후로 갈린다고 해도 과언이 아니죠...! 정말로요!

... 샘 여유 되시는 날 편하신 날 알려주시면 연차 쓰고서라도 갈께요. 꼭 알려주세용!! 보고 싶습니다, 샘ㅠㅠ

\* \* \*

오랜만에 만나 넘 즐거운 시간 보냈네요. 샘 실패하신 거 아니에요. 시간이 지날수록 이 소중한 인연들은 단단하게 살아남을거라 믿고 있거든요. 저희는!

\* \* \*

이번에 샘 뵙고 다시 변화가 필요하다고 생각했어요. 다른 동료들에게 물어도 직장 밖 행복을 위해 일한다고... 삶의 목표가 직장 밖에 있다는게 아이러니하죠...

암툰!!! 샘 말씀대로 이런 무의미한 직장생활에 매몰되지 않도록 노력할게요! 직장 안에서도 즐겁고 밖에서도 즐거운 삶이 쉽지 않겠지만 이런 고민을 주변에도 나누고 함께 의미를 만들어가 봐야겠어요!ㅎㅎ

늘 이렇게 저희들의 삶에 귀 기울여주시고 무엇이 이상한지 진찰해주셔서 감사해요, 샘!!

샘~ 생신 축하드리고 지금처럼 저희들 곁에 건강하게만 살아 계셔주시옵소서!! 사랑해용.

(ㄱㅁㄱ 200517, 200601, 200611)

\* 아마 가장 오래 선생 곁을 지켜줬던 학생. 가장 많이 고맙고 가장 많이 미안한 학생 중 하나. 너무 범생이고, 지금도 그리 살고 있지만, 그 이상의 '긍정 에너지'를 숨기고 있는 친구. 언젠가는 그 에너지를 보다 넓은 세상

을 위해 쏠 수 있는 시간이 오리라 믿습니다.

선생님, 먼길 와주셔서 넘 감사합니다~ 갈팡질팡하는 저에게 좋은 말씀도 해주시고!(체한 거 치료도 해주시고ㅎㅎㅠ) 샘 말씀 참고해서 혼자 생각 좀 정리해보는 시간 가져야겠습니다! 길위의 인문학도 읽으면서ㅎㅎ 오늘 참 가뭄에 단비 같은 하루였슴다. 감사합니다.

\* \* \*

샘... 오늘 샘도 OO도 만나 이야기 나눌 수 있어 좋았어요. 저보다 저를 잘 아는 것 같은 샘ㅎㅎ 생긴대로 살아야겠슴다ㅎㅎ 오늘 반갑고 감사했어요~

(ㅈㅅㅈ 210421, 221010)

\* 호기심천국. 하고 싶은 일은 많고 뒷감당은 잘 안되는 상황을 자주 연출하는 친구. 때로 나의 어떤 면을 보는 듯함. 하지만! 암튼! 그것이 그 친구의 큰 장점이 될 거라 믿습니다.

늘 한발 움직일 수 있도록 하는 샘의 멋진 능력에 감탄하며. 다른 이를 움직이게 하는 능력을 가지셨으니 샘도 한발 내디딜 용기가 필요할 때 어딘가에서 용기를 얻으실 수 있기를 진심으로 바라요!

무엇이든 수용하려는 노력은 전혀 않고 무작정 날 서 있는 채로 공격만을 목적으로 하는 일부 학생들이 갈수록 더 더 더 늘어나고 있는 것 같아요...ㅜ

어떤 일이 있었는지 감히 다 헤아릴 수는 없지만 대충 짐작은 할 수 있어서 서글프기도 하네요... 예상 범위 안에서 충분히 발생하는 일이라는 게... 어려운 시기에도 학생들에게 좋은 씨앗을 찬찬히 심어주던 선생님의 그 간절한 노력이 절대 어딘가로 사라지진 않았을 거라고 믿어요. 많이 힘드시다면 내려놓고 잠시 쉬었다 가도 그 누구도 뭐라 하지 않을 거에요. 누구보다 갈등의 최전선에서 열심히 최선을 다해 수업에 임하셨을 천쌤을 알고 이해하는 학생들이 선생님께 상처를 주는 누군가보다 훨씬 많다는 말을 전해드리고 싶어요ㅠㅠ 영양가 없는 기억은 털어버리고 좋은 기억만 안고 푹 주무시길 바랍니다...!

(ㅎㅇㅊ 210305, 211005)

* 절전형으로 살아야 하는 친구. 생각이 깊은 친구이지만, 가용 에너지가 그리 넉넉하지는 않아서요. 그러나 남들이 보기에 조금 느려도 괜찮습니다. 방향을 잘 잡고 바른길로 갈 테니까요. 와중에 젠더 원고 교정까지 도와줘서 많이 고마워하고 있습니다.

선생님, 덕분에 오늘 정말 좋은 사람들 많이 만났습니다! 이렇게 특별한 모임에 초대해 주셔서 많이 감사해요.

오래 살지 않아서 인생을 논하기는 어렵지만, 또 누구나 어려운 세상에 삶이 버거운 건 저 혼자만이 아니겠지만, 짧은 인생 동안 버티기 어렵다는 생각이 들 때 신을 믿지 않는 저에게 '신이 있는 건 아닐까'라는 생각이 들게 한 건 항상 축복 같은 사람이었어요. 지금 버스를 타고 집에 가면서 제 이십 대의 축복 같은 사람 중 한 사람은 천샘이 아닐까, 라는 생각이 문득 듭니다.

저는 굳이 하지 않아도 되는 일을 굳이 하시는 선생님이라서 선생님이 좋습니다. 그 마음에 감사함을 느낍니다. 그 덕분에 제가 어제보다 더 나은 걸음을 당장 내일은 아닐지 몰라도 그 언젠가에 반드시 내디딜 것입니다.

오늘 만난 모든 사람은 제가 단단하게 지켜오는 일종의 '안전빵' 같은 인생에 작은 틈이 되고, 미세한 균열이 될 것임을 믿어 의심치 않습니다. 그리고 그 어긋남이 분명 저를 더 나은 어른으로 만들 것이라는 것도요.

저는 마음은 표현하지 않으면 모르는 거라고 생각하지만 말은 또 쑥스러워서 이렇게 짧지만(?) 구구절절한 말로 감사 인사를 전합니다.

또 다시 제법 가까워진 시험에 더욱 여유 없는 마음을 갖고 당분간은 뵙지 못할지라도 오늘을 기억하며 기꺼이 버텨 나아가야겠다는 생각을 합니다.

다시 뵙는 그날까지 건강하셨으면 하고, 좋은 곳에서 좋은 사람들과 좋은 일들이 가득하기를 바랍니다.

(ㅂㅅㅈ 221130)

* '다른 삶'에 대한 동경이 있지만, 잠시 접고 본인 말대로 한다면 '안전빵' 인 삶을 위해 시험 공부 중인 학생. 생각이 깊고 글도 잘 쓰는 친구. 언젠가는 본인의 마음소리에 더 귀 기울일 수 있는 때가 오리라 믿습니다. 어쩌면 생각보다 빨리.

... 저는 오늘 나누었던 이야기를 되새기고 있는 중입니다.

오랜만에 너무너무 반가웠어요. 마음이 정화된 느낌? 꽉꽉 채워진 느낌? 선생님 욕심 덕분에 예상치 못한 사람들과 예상치 못한 이야기들을 나눌 수 있어서 즐거웠습니다. 첫 만남에 단체로 2030년 자신의 모습을 떠올리고, 공유하고, 녹음하는 경험은 살면서 쉽게 경험하기 어려울 것 같아요...ㅋㅋ 담에 다른 사람들과도 해보려고요.

선생님이 다른 지역에서 다르게 살아가는 사람들의 이야기를 전해주실 때면 그분들 이야기도 물론 재밌지만... 저는 오히려 그분들의 삶에 하나하나 관심을 가지고 의미를 발굴하시는 천샘의 에너지에 대단함을 느낍니다. 스쳐 지나가는 인연이라도 그 많은 타인들에게 관심을 가지고 대화까지 나눈다는 건 꽤나 많은 에너지를 소모하는 일이라고 생각해요. 이곳저곳의 이야기를 나눠주는 천샘이 스스로를 벌에 비유하신 표현도 기억에 남아요. 이번 OOO에서도 다양한 사람들을 만나시겠죠? 벌과도 같은 천샘~~ 조심히, (선생님 말을 빌리자면) 무사히 여행하셨으면 좋겠습니다. OOO에서 뵐 수 있으면 더 좋겠고요ㅎㅎㅎ

붙잡고 싶은 대화가 가득했던 저녁이었습니다. 얼른 글을 써야겠어요. 편안한 밤 되세요><

(ㅇㅊㅇ 220617)

* 모든 일에 진지하고 열심. 1학년 때 전공수업을 미리 찾아 들어 올 정도로 당참. 새로운 일을 계속 벌이는 그런 부류에 속하는 학생. 그러다 때로 스스로 벌린 일의 양을 감당 못 해 허우적···. 하하. 그러나 좋은 에너지를 주

변에 마구마구 나눠주면서 사는 어른으로 성장하리라 믿어 의심치 않습니다.

선생님, 2022년도는 저에게 참 힘든 한 해였어요. 사실, 20대 때는 누구나 방황하고 불안하다고 하지만 특히 22년도는 제가 지금까지와는 결이 다른 힘듦을 겪었던 때였습니다. 문득문득 떠오르는 개인적인 사정과 부족함에 대한 괴로움을 외면하고 앞만 보고 뛰어갔어요. 뛰어가다 보면, 어딘가에는 도착하겠지, 이 모든 것이 해결되겠지, 하고 말입니다.

9월엔, 몸과 마음이 이리 치이고 저리 치여 넝마가 된 수준이었지만, 애써 외면했습니다. 한번 저에게 눈길을 주면 다시는 못 빠져나올 것 같았거든요. '괜찮은 척'은 누구에게도 지지 않을 자신이 있지만, 정작 자신을 위로하거나 돌볼 줄은 몰랐던 저에게 천샘과의 10월 산책은 큰 힘이 되어 주었습니다. 누군가의 따스한 말 한마디가 마음을 이토록 편안하게 해줄 수 있다니 참 신기했어요. 전 이제 저 자신을 돌보고 한결 편안한 마음으로 앞으로 한발 나아가려 합니다. 이 길이 맞나 불안해질 순간이 또 있겠지만, 그 방향으로 나아가다 보면 멈춰 있을 때보다는 더 성장한 제 자신이 되어 있을테니까요.

(중략)

(ㅈㅈㅎ 221201)

* 아직은 뒤뚱뒤뚱하지만, 기본적으로 좋은 에너지를 가진 학생. 넘치는 에너지의 균형을 찾아가는 중이지요. 자신을 잘 드러내고 표현할 줄 알고,

여러 사람과 같이 선한 일을 도모할 수 있는 학생이니 그저 시간이 필요할 뿐입니다.

선생님, 안녕하세요. 아까 강의가 끝난 후 짧게라도 얘기 나누고 싶어 선생님께 갔지만 괜히 쑥쓰러워져 인사만 하고 나왔습니다. 그래서 문자로라도 인사드리고 싶어 적어봅니다.

저는 '마지막'을 맞이하는 것이 정말 어렵습니다. 모든 일에는 마지막이 있을테고, 그 마지막을 겪는 것이 힘들어서 무언가를 시작하지 않는 것은 어리석은 것이겠지요.

… 선생님 감사합니다. 조금 웃기는 말일 수도 있지만, 선생님 같은 어른이 있다는 것이 참 위로가 되었습니다. 저도 '어른'이 되도록 부단히 노력하겠습니다.

이번 강의가 더 애틋했던 것은 나와 비슷한 생각을 하는 사람들과 물리적인 공간을 공유하며 '내가 혼자가 아니라는 것'을 느꼈기 때문입니다.

모두가 같이 반 발자국 나아가기를 정말 바라지만 그러지 못한다면 저 한 명이라도 부지런히 걸으려고 합니다.

(ㅇㅅㅁ 201130)

* 같이 수업을 하며 큰 힘이 되고 위로가 되었던 학생. 그리고 그런 마음을 기꺼이 나눠주어 고마웠던 학생. 음악을 하는 젊은 여성이라는 이유로 시집 잘 가겠다, 는 말을 들어야 하는 세상에(놀랍지만 아직도, 여전히 사

실입니다.) 지지 않기를 응원합니다!

---

천샘!:) 답이 없으셔서 핸드폰 번호 바꾸셨나 하고 생각했었는데 답 주셔서 너무 반가웠어요:)

벌써 졸업이 코 앞으로 다가왔네요! 졸업 전에 제가 배우고 싶은 분야 수업이 타대학에서 개설되길래 학점 교류 신청했어요. 막상 졸업이라니까 오히려 학구열이 더 뿜뿜하는 거 있죠~? 배우고 싶은 것을 선택해서 배울 수 있는 대학의 메리트가 졸업쯤 되니까 와닿네요ㅎㅎ

샘의 말씀이 잔잔한 위로가 되어요. 샘과 함께 수업했던 시간들, 해주신 말씀들과 남은 작업물들이 그 자체로 제 풋풋한 대학생활을 추억하게 하고 위로가 돼요.

대학을 돌아볼 때 아마 가장 먼저 떠오를 스승이 천샘이지 않을까 싶어요! 하루하루 행복을 고민하며 열심히 걷고 듣고 쓰면서 살아가 볼게요. 그러면 샘처럼 멋지고 따르고 싶은 어른이 되어있겠죠?ㅎㅎ 늘 감사합니다. 샘.

(ㄱㅇㅈ 220125)

---

\* 비교적 최근에 인연을 맺은 학생들 중 가장 기억에 남는 학생 중 한 명. 어디서 무엇을 하고 살던 중심을 잘 잡고 살아가리라 그리 믿어지는 친구입니다.

일단 선생님께서 특별한 초대를 해주셔서 감사드리고 싶어요. 덕분에 착하고 친절한 한국인 친구를 만나게 돼서 정말 감사합니다.

이번 모임을 통해 원래 두려운 것을 극복해서 정말 좋습니다. 유학생활을 열심히 보내기로 결심했지만 낯선 사람을 만나는 것은 저에게 큰 도전이었습니다. 어제는 두려워서 자기소개와 얘기를 많이 못 했으니까 아쉽지만 그래도 훌륭한 한국인 친구들을 만나서 저에게 희소하고 소중한 기회였다고 생각해요. 이번 모임을 통해 저는 다른 한국 친구를 잘 만날 수 있는 자신을 가지게 되고 두려움을 제대로 극복하겠습니다.

\* \* \*

... 학생들 문자를 보니 정말 학생 사랑을 많이 받은 선생님인 것 같아요! 다시 선생님을 만나게 되고 연락도 할 수 있으니까 정말 선물인 것 같아요. 수업이나 과제에 대해 좀 엄격한 선생님이지만 생활에서 따뜻한 선생님이에요! 선생님을 만나서 제가 더 용감해졌어요. 다른 대외활동도 열심히 하고 싶습니다. 진심으로 선생님과 계속 연락하고 싶어요^^

\* \* \*

기억해주셔서 고맙습니다. 샘은 제 평생에 잊어버릴 수 없는 선생님일 것 같아요^^

선생님이랑 이렇게 말할 수 있는 것은 전에 상상도 못 하는 것이고 정말 행운한 학생이라고 생각해요~ 정말 감사합니다.

(ㄹㅈㅈ 221201, 221208, 221218)

\* 근래에 만난 유학생 중 가장 기억에 남는 학생 중 한 명. 열심히 하려고

무던히 애쓰는 것이 예뻐 보이는 친구. 자연스레 도와주고 싶고, 내일을
응원하게 되는 친구입니다.

## 천선영

이제는 서점지기가 된 제자 김미경에 의하면 천선영은 "굉장히 괴짜. 호기심의 화신이자 질문 봇이자 재미추구형 인간 그 자체인 사람, 순응자가 아니라 투덜이가 되기를 자처하는 사람, 방랑을 멈추지 않는 길 위의 사회학자. '쫄지마 정신'을 가르쳐준 멋진 스승. 눈치 보지 말고, 남들 따라서 살려고 하지도 말고 자기만의 길을 걸으라고 알려준 단 한 사람".

# 대충 잘 살기 위해
# 열심히 노력 중입니다

**초판 1쇄 인쇄** · 2023년 3월 13일
**초판 1쇄 발행** · 2023년 3월 20일

**지은이** · 천선영
**펴낸이** · 천정한
**펴낸곳** · 도서출판 정한책방

**출판등록** · 2019년 4월 10일 제2019－000037호
**주소** · (서울본사) 서울 은평구 은평로3길 34-2
　　　　(충북지사) 충북 괴산군 청천면 청천10길 4
**전화** · 070－7724－4005
**팩스** · 02－6971－8784
**블로그** · http://blog.naver.com/junghanbooks
**이메일** · junghanbooks@naver.com

ISBN 979-11-87685-99-9 (03810)